虚構推理短編集

岩永琴子の純真

城平 京

イラスト――片瀬茶柴
デザイン――坂野公一（welle design）

目次

登場人物&事件紹介

岩永（いわなが）　琴子（ことこ） ―― 西洋人形めいた美しい女性。だが、幼い外見のため中学生くらいに見えることも。十一歳のころに神隠しにあい、あやかし達に右眼と左足を奪われ一眼一足となることで、あやかし達の争いやもめ事の仲裁・解決、あらゆる相談を受ける『知恵の神』、人とあやかしの間をつなぐ巫女となった。十五歳の時に九郎と出会い一目惚れし、強引に恋人関係となる。

桜川（さくらがわ）　九郎（くろう） ―― 琴子と同じ大学に通う大学院生。自らの命と引き換えに未来を予言する「件（くだん）」と、食すと不死となる「人魚」の肉を、祖母によって食べさせられたため、未来を決定できる力と、死なない身体を持つ。あやかし達から見ると、九郎こそが怪異を超えた怪異であり恐れられている。恋人である琴子を冷たく扱っているように見えるが、彼なりに気遣っているのかもしれない。

桜川六花――九郎の従姉で、彼と同じ能力を持つ女性。とある目的のために、九郎たちとは敵対関係にある。

【鋼人七瀬】事件―鉄骨片手に街を徘徊するグラビアアイドルの都市伝説。琴子と九郎は、真実を求めるよりも過酷な「虚構の推理」を構築することで、都市伝説を虚構へと戻そうとする。

虚構推理短編集

岩永琴子の純真

第一話　雪女のジレンマ

　殺人事件は関係者にとって一大事ではあるけれど、毎日どこかで起こってもいる。だからニュースになってもその多くがさしたる話題にならず、続報もなく過去のものにされたりする。よって特定の事件の情報を得ようとしても、詳細がなかなかつかめなかったりするのだ。

　岩永琴子は桜川九郎のアパートの部屋のパソコンを使って調べ物をしていた。わざわざ出掛けずとも恋人の部屋にいるまま必要な情報を検索、閲覧できるのは幸いだが、それができなかった時代というのをほとんど経験しなかった身としては別段作業が減ったという感覚にならない。これはこれで十分手間がかかると思ってしまう。望んだ情報がなかなか集まらないとなおさらだ。

　すると九郎が粘着シートのローラーで部屋を掃除しながら、咎めるようにディスプレイをのぞき込んできた。

「レポートも書かず何をやってる？　またいかがわしいサイトでも見てるのか？」

今日は大学の課題を手伝ってもらうのもあってこの恋人の部屋に上がり込んでいるのだが、違うことをしているのに気づいたらしい。いくら岩永でも恋人がそばにいるのに意味もなくいかがわしいサイトを開いたりしない。事実していない。

「失敬な、妖怪達の知恵の神という私の役目に関する調べ物ですよ。雪女からの相談事で、原田美春という三十歳の女性がこの九月十二日の夜、何者かに撲殺された事件なんですが」

大学の課題は重要ではあるが、別件のための情報収集をしなければならなかったのだ。岩永はいくつかのニュースサイトを検索し、関係のある記事を画面上に並べていた。事件としては単純で、大きな扱いのものはない。続報と言える記事もない。

「雪女がどうして殺人事件と関わるんだ？　凍死ならともかく、撲殺だろう」

雪女といえばその名の通り雪や冷気をあやつり人を害するとされる女の妖怪で、そんなものと撲殺という取り合わせに九郎は不審そうにしている。岩永がレポートを棚上げするのに適当な言い訳をしていると判断している調子だ。この男はどうしてこう可愛い恋人にまず不信から入るのか。

岩永は真面目な顔を作ってディスプレイを指で示した。

「この事件で警察から最有力容疑者にされている人がいるんですが、雪女が言うにはその人物は事件当時アリバイがあって犯人ではない、だから助けてほしいという頼みです」

「アリバイがあるのに最有力容疑者なのか？」

「何しろアリバイの証人がその雪女なので、警察には主張できないんですよ」

九郎も岩永の受けた相談の厄介さを理解したらしい。

夫や妻、親兄弟や利害のある者の証言はいくら正しくとも捜査や裁判で信頼されにくいが、妖怪や幽霊といった人間の法で扱えないものの証言もやはり信頼されない。そもそも警察に提示した時点でさらに疑いを強められかねない。正気も疑われかねない。

「なら、お前が真犯人を突き止めて警察に捕まえさせるのが解決の早道か」

九郎も真面目な顔になってディスプレイに並ぶ事件を見つめる。

「そういう流れなんでしょうが、まだ情報が十分ではありませんから」

岩永はこのところ手間のかかる事案に相対し、神経を使うことが続いていた。たまには牧歌的な相談はないものか、という気分であった。

雪女から事件や関係者の情報はある程度届いているが、やはり容疑者となっている人物とも直接会う必要があるだろう。

「容疑をかけられた人は、室井昌幸（むろいまさゆき）という男性だそうです」

室井昌幸が初めて雪女に出会ったのは十一年前、大学三年生で二十一歳の時だった。

その日、昌幸は友人の山崎隼人とともに、雪の積もる冬山の踏破を行っていた。隼人とは高校時代からの親友で、同じ登山の趣味を持ち、大学生になってからは難易度の高い冬山を二人で次々登った。じき就職活動も本格化するにあたり、その前に心残りのないよう、現在の実力で挑戦できる一番厳しそうな山に挑戦していた。

そして大きなトラブルもなく山頂に到達し、下りに入って昼も過ぎ、天候が悪い方に変わる気配がしだした頃、先を歩いていた昌幸は隼人に背中を突かれ、勢いよく尾根から落とされた。全くの不意で、雪の斜面を転がっていてもなぜ友人からそんな真似をされるのかまるでわからなかった。

落とされたのは冬となればそうそう大人数では登ってこられない高く険しい所で、ヘリコプターを飛ばしたり重機を運んできたりするのも難しい地帯だった。尾根を歩きながら、ここから滑り落ちたら救助も捜索も雪解けを待つしかないだろう、と言っていたくらいだ。つまり落ちれば即死せずとも助かる可能性はない場所だった。

昌幸が半ば雪に埋もれて意識を取り戻した時には辺りは暗くなり始め、雪も降りだしていた。じき吹雪いてくるだろうという降り方だった。

厚い雪がクッション代わりになったのだろう、二十メートル近く転がり落ちたのに命はかろうじてあった。リュックサックも背負ったままで、ピッケルも手放していなかった。しかし右腕と右足が痛んでうまく動かず、食料やビバークの装備を捨てたとしても移動できそうになかった。できたとしても、どこに動けばいいのか、という状況だった。

落とされた尾根にはとても登れず、下ろうにも辺りに道らしきものはなく、人がかつて入ったかどうかも不明な場所だ。麓へ向かうルートがたとえあっても、雪によって塞がれているだろう。自力では上へも下へも行けない。

明日の夕方には麓に下りる予定であったとはいえ、食料はまだ数日分あり、暖を取る燃料も残ってはいた。しかし役に立ちそうもない。体の痛みで移動はままならず、その場で雪洞を掘るのもテントを張るのも難しい。じき降りしきる雪に埋もれ、凍死するだけである。夜までも保たないだろう。

下山した隼人が、友人が誤って滑落した、とでも報告すれば完全犯罪が成立する。報告を受けた側が捜索しようにもすぐには不可能であり、雪解け後に昌幸の死体が発見されたとしても、隼人が突き落としたという証拠は見つからないだろう。隼人の犯行をメモ書きにでもして残しておいてやろうか、と考えたが、かじかんだ指ではペンもまともに動かせそうにない。手袋を外すのさえ覚束なかった。

山での遭難、事故は珍しくない。昌幸の死はそのひとつにされるのだ。

そう絶望し、雪にいっそう沈み込んで凍りついた息を吐いた時、昌幸は目の前にひとりの女性の姿を見た。

「ほう、生きているのか」

正面から彼を見下ろして立つ女は面白がる風にそう言った。年齢は二十代半ばくらいだろうか。陽のない中でもその長い黒髪を揺らす姿はなぜかはっきり見えた。昌幸はこれは死の間際の幻覚と思った。

まずこんな所に長い黒髪をむきだしにしている女がいるわけがない。さらに女は山に登る服装や装備でないどころか、真っ白な着物姿だった。帯や履き物まで白いのだ。袖から出ている白い手には何もつけず、細い指の形がはっきり見える。なのに寒そうにはしていない。降りしきる雪は女を避けて地に落ちている。眉も睫毛も雪がかからず、凍りもしていない。

「連れの者に落とされたようだな。そんな剣呑な者とこんな所まで登ってくるとは、間が抜け過ぎではないか？」

幻覚にまで小馬鹿にされるのは腹立たしく、昌幸はつい言い返していた。

「落とされる心当たりはない。信頼できる友人だ」

「その有様で言えることではあるまい」

全くその通りであり、幻覚にしてもあまりに小面憎い。

「きみは何だ？　俺の最期の幻にしても意地が悪過ぎる」

すると女はあきれたように顎を上げた。

「最近の人間は雪女も知らんのか？　それらしい姿で現れてやったのに」

昌幸は一拍の間だけ思考が止まった。雪女という名称は知っている。昔話に出てくる妖怪だ。小泉八雲が物語として著したものが有名、くらいの知識はあるが、ちゃんと読んだ記憶はない。

ただその妖怪がどんなものか、漠然とは知っていた。雪をあやつり、冬山に迷い込んだ者を凍死させるといったものだったはずだ。

昌幸は少しだけ身を起こした。たとえ幻覚でも馬鹿にされたまま死ぬのは癪に障った。

「いや、雪女といえばもっと美人のイメージなんだが」

「おい、この状況でよくそんな口が叩けるな」

雪女は棘のある声を返してくる。昌幸は幻覚の感情を乱したのに少し満足した。

「この状況も何も、放っておいても俺はじき凍え死ぬ。それが雪女に今殺されたとしてどんな違いがある？」

「だから、私に助けてもらおうとは思わんのか」

「雪女は人を殺すものだろう」

雪女は昌幸を憐れむように肩を落とした。

「おぬし、古典の教養はどうした。小泉八雲の『雪女』を読んだこともないのか？　その中で若い男は雪女に助けられているぞ」

「逆にどうして雪女が小泉八雲を読んでいるんだ」

「雪女は時に人のふりをして人里を歩くこともある。それも小泉八雲は書いておるぞ。我らの書かれ方に興味があれば、書物のある所に行って手に取ることもあろう。おぬしは図書館も知らんのか？」

妖怪に教養や常識について説教されるとは、幻覚にしては皮肉が効き過ぎていないか。

よほど昌幸が困惑を表に出していたのか、雪女はひとつ微笑み、着物から出た白い白い腕を優雅に振った。

すると数秒、辺りの雪が狂うごとく舞ったかと思うと、昌幸を囲む分厚い雪の壁と天井ができていた。体が半分近く沈んでいた雪もすっかりなくなり、地面に普通に座っていた。雪女が腕を振っただけで雪が勝手に動き、固まり、ドーム状になって昌幸を収める雪室ができあがったのだ。風が遮られ、降る雪もかからなくなっただけで十度も気温が増した気がする。広さもちょうど良く、前面に設けられた出入り口から外に降る雪が見える。

ようやく昌幸はこれは幻覚ではないのではないか、と訝しみだした。寒さが落ち着いたのは喜ばしいが、なら妖怪が実在するとなって別の意味で恐怖すべきでは、という気持ちもあり、どうもいっそう間の抜けた表情になっていそうだ。

雪室の外に立ち、寒さをものともしていない白い女は勝ち誇った声で言う。

「これで一晩はしのげるであろう。おぬしひとり人里まで運ぶなどすぐだが、こんな所にいた者が夜にならんうちに麓に現れてはそれも騒ぎになろう。明日の夕刻にでも送ってやるゆえ、しばし体を休めるといい」

雪と風を防げる場所があれば、とりあえず命はつながる。右手と右足の痛み方からすると自力で下山は無理だろうが、この妖怪は麓まで送ってやるとまで言っている。

「なぜ助けてくれる？」

警戒しつつ問う昌幸に、雪女は注意するごとく続けた。

「おぬしも無事山を下りれば小泉八雲くらい読もう。だから誤解ないよう言っておくが、おぬしの顔が美しいから助けたのではないぞ。造作は整っておるが、いわゆる強面（こわもて）というやつだな。険が濃いぞ」

妖怪から強面とはひどい評価だが、怖い顔だとは言われ慣れていて反論もできない。体も大きいのでおよそ美しいとは正反対だろう。

「それで助けた理由だが、遭難者が出ると捜索隊だ何だと山が騒がしくなるのだ。その上今後は事故がないようにと、開発と称して山を荒らしたりもする。ならたまには助けた方がましではないか、という気にもなるであろう」

雪女はそこで昌幸の顔をのぞき込んだ。

「それにおぬし、金は持っているか？」

「いくらかは。山を下りれば必要だからな」

交通費や食費もあり、ある程度まとまった金額は所持している。

「ならその半分を寄越せ。金がまるでなければ下山しても困るであろうから全部は許してやる。命の値にしては安かろうが、感謝を形で示せれば、おぬしも気が楽であろう」

謝礼というなら筋は通っているが、昌幸は首を傾げてしまった。

「妖怪が金なんかどうするんだ?」

「最近の人の作る酒や食い物はうまい。それは金がなければ買えんだろう。気づかれず持ち去る力くらいはあるが、後で騒ぎになったり、店が潰れたりしかねん。みだりに人の世を乱すと後々おのれの首を絞める、その理は守らねばならん。かといって人の金などあやかしの身ではそうそう手に入らん。山中の落とし物や死者の財布から拝借したりでやりくりするが、物足りんのが実際だ。こういう時に多少得ても罰は当たらんだろう」

先程から話を聞いていると、この雪女は妙に分別臭いと言うか、社会への適応を心掛けていると言うか、いきなり友人を突き落とす人間よりよほどまっとうな倫理観を持っていそうだ。

「俺を殺して、有り金全部いただこうとは考えなかったのか?」

昌幸は一応尋ねてみた。その方が手間もかからず、利益も大きいだろう。

雪女はからかうように口角を上げる。

「今からでもそうした方が良いか?」

「良くは、ないな」

「おう。なら私を美しくないと言ったのを謝る気にもなったであろう？」

「人間の想像力をなめるな。それで描かれた雪女はもっと魅力的で雰囲気があるぞ」

人間の作った酒や食べ物ほしさに金銭を要求している時点で雪女らしい妖美さや艶っぽさが失われている。

雪女は目を細めた。

「ふん、心にもない世辞を言えば殺してやろうかと思ったが、引っ掛からんか」

「おい、この期に及んで妙な罠を仕掛けるなよ」

危ないところだった。いや、数分前まで死を覚悟していたのに妖怪を信じて命を惜しみだしている現状も人間として危ないのか、と昌幸はつい眉を寄せてしまった。

雪女は明るい表情になって腰に手を当てる。

「冗談だ。明日まで無事でおれよ。勝手に凍死などしても責任は感じんぞ」

そして雪女は薄暗い空の下、ひゅうとかき消えた。

一晩、昌幸は一連のことが夢か幻ではないかと悩みつつ過ごしたが、それを生きて行える状態こそが夢も幻も否定するという結論を出さざるをえなかった。雪女が白い手のひと振りで作った雪室は丈夫でよく熱を留め、自分の手でこれだけのものを作れるわけもなかったのだ。

翌日、日が昇り、それが落ちかけた頃にまた雪女が現れた。まだ太陽光のある中では、やはりこの妖怪は実在するのだと認めないわけにはいかなかった。

雪女は昌幸から所持金の半分を受け取ると、リュックサックを背負った彼を軽々と担ぎ上げ、風雪に乗るようにして空に上がった。そのまま木々の先をかすめながら飛ぶと、あっという間に麓近くの木陰(こかげ)に下りた。

昌幸を木に寄り掛からせて雪の積もる地面に立たせた雪女は、まさに妖怪らしい凄味(すごみ)のある目と声でこう告げた。

「わかっておるだろうが、私のことは親兄弟、妻子にすらもらすなよ。もし一言でも人にもらせば、どこにいようと確実に殺してやる」

あらためて身の冷える言葉であったが、昌幸は雪女の狙(ねら)い通り怯(おび)えてやるのは癪に障ったのでこう肯(うなず)いてみせた。

「つまり死にたくなったらきみのことを人に話せばいいんだな？」

「せっかく助かるというのに暗い将来を語るな」

雪女が、こいつを助けて良かったものか、と言いたげに額に手を当てたので、昌幸は苦笑混じりに答え直した。

「冗談だ、秘密は守る。雪女に助けてもらったと言っても誰も信じはしないしな」

雪女は微笑み、再び一瞬にして昌幸の前から消える。雪の欠片(かけら)がいくひらか散った。

昌幸はしばしそこに立ち尽くしていたが、リュックサックを背負い直すと数百メートルばかり向こうに見える民家へと足をひきずり、ピッケルを支えにしながら向かった。

昌幸が麓に現れると、予想された通りひと騒動あった。すでに下山していた隼人が昌幸の転落を自分に都合良く報告し、周りから慰められたり事後処理をどうするか、警察や役場で対応を話し合っている時に、生存を絶望視されていた当人が無事下山してきた、という連絡が入ったそうだ。

当初は人違いだろうと真剣には受け取られなかったが、昌幸が隼人の前に立てば真偽は明らかだった。隼人は蒼白になって腰を抜かし、昌幸は山中で隼人に突き落とされて雪の中に埋もれたが、下山ルートを奇跡的に発見したので生還できた、とそこにいた警察官に静かに告げた。隼人はその場で拘束された。

隼人がもう少し冷静であれば、昌幸が突き落とされたと勝手に思い込んでいるだけ、山に取り残されて錯乱しているのだろう、といった言い逃れもできたろう。ところがどう考えても生きては帰れない場所に落としたのに、大きな外傷もなく、それも隼人が下山して二時間くらい後に昌幸が麓に現れるといった異常事態には対応できなかったようだ。呆気なく観念した隼人は警察の取り調べに素直に応じたという。

昌幸はその後に病院へ運ばれたが、右腕と右足に強い打撲と凍傷が見られ、数ヵ所の骨にひびが入っているのが発見された。よくそれであの場所から自力で下りられたものだ、と感心されたり気味悪がられたりしたが、当然、雪女に関しては口にしなかった。

隼人が凶行に及んだ理由は、昌幸からするとつまらないものだった。

隼人が好きな女性が昌幸に片想いをしており、今度山から戻ってきたら告白するから協力してほしいと頼まれ、その嫉妬からやったという。そして昌幸が、その女性にまるで興味がない、といった返答をしたのが決定打になり、発作的にやったとも供述したらしい。

そういえば尾根から落とされる直前、大学の同じ学部で人気のあるという女性の名前を出され、誰だそれは、と口にした覚えがあった。

つまり『魔が差した』とまとめられる動機であったが、それくらいで高校時代からの友人に殺されかけるとは信じがたかった。あるいは隼人にとって昌幸は友人ではなかった、その女性よりは下だったということか。昌幸が死んで悲嘆しているその女性に隼人が近づけば、うまく自分のものにできるのでは、といった予想が頭をよぎったという供述も警察の者から説明された。

結局裁判で隼人には執行猶予付きの軽い判決が下った。犯行に計画性が見られず、昌幸が大きなケガや後遺症もなく生還し、隼人の両親が裕福で昌幸に対しかなりの慰謝料を払い、反省の態度を強く見せた、などが考慮されたらしい。

昌幸は雪山の麓で告発して以降、隼人とは顔を合わせず、慰謝料も提示された額をそのまま受け取った。弁護士は裁判を有利に進めるため、昌幸が受け取るまでしつこく接触してくる雰囲気であったし、それ以上隼人にも関わりたくなかった。かつての友人の姿や行く末を見て失うものこそあれ、得るものはないだろうから。

一方で昌幸は、あの雪女の言っていた通り、小泉八雲の『雪女』をちゃんと読みはした。その作者は日本に帰化したイギリス人で、元の名をラフカディオ・ハーンという。文学者で随筆家、日本の伝説や伝承をまとめた物語集が有名で、『雪女』もそのひとつだ。

読んでみれば、どこかで聞いた覚えのある内容だった。

夜、山から帰る途中、川を渡ろうとしていた老人と若い男は猛吹雪に遭い、近くの小屋に避難したがその中で雪女に襲われる。老人は殺されるが若い男は美しいという理由で助けられる。ただ雪女から誰にも自分のことは言うな、言えば殺すと脅される。家に帰った男はその後、器量の良い娘と出会って結婚、子どもも作るが、十年以上経った頃、その妻が雪女を思い出させ、ある時それを妻に告げたところ、彼女こそがあの雪女であり、約束を破ったと殺されそうになる。しかし子どももいるからと雪女は男を殺さず、自分ひとりそこから消える。

日本人が好みそうな悲恋譚であるが、妻を雪女と気づかない男も男で、雪女も自分に自分の話を語られて秘密を話した約束違反と堅いことを言わなくても、といった引っ掛かりも感じる物語である。

小泉八雲による脚色が入り、そのままの伝承は日本になく、本来の雪女は子どもをさらったり雪中で人を凍死させたり、山姥の一種みたいな語られ方をするものが多く見られるという。その方が妖怪らしく、人と結ばれて子どもを作るといった筋は昔話としてもいささか生々しく感じられた。

ともかく昌幸は本物の雪女と出会った。この世にはまだ不可思議なものが、少なくとも山には潜んでいるという事実は昌幸の胸に刻まれ、登山の趣味をすっぱり断つこととなったのだった。

大学を卒業後、昌幸は隼人の両親から支払われた慰謝料を資金に起業した。本来なら持つはずのなかった金であり、望んだ金でもなかったので、使うのを惜しまなかった。昌幸自身に独創的な商品や特許、ビジネスの発想はなかったが、資金を自分だけでなく、人に使わせるのにも惜しまねば、それらを持った人材を集められる。

アイディアや技術、独創性を持っているが起業するだけの基盤のない同世代の者、自分のやりたいこと以外の雑務に煩わされたくない職人気質の者と組み、大きな結果を出したのだ。ＩＴ関連のサービスやプログラムを提供するのを基本とした会社で、時流の味方もあって成長は早かった。昌幸は起業家として成功したのだ。

過去を忘れたいのもあって仕事に集中し、卒業後の昌幸の人生は順調と言えた。充実していたとも言えるだろう。二十九歳で結婚し、将来は安泰に見えた。莫大な資産も築いていた。

そして三十二歳になった五月の初め、昌幸は十一年ぶりに、かつて雪女に出会った山の麓にある町にやってきていた。町の外れにある一軒家を借り、そこでの暮らしをひとりで始めたのだ。

観光地でもない山裾の町とあって人口は多くなく、交通の便も良くはないが、町の中にスーパーマーケットや商店街はあり、車で一時間も走ればそれなりに大きな商業施設には行ける。登山客はいるが、辺りにあるのは上級者向けの山で、登山口として頻繁に使われるわけでもないので、にぎわいを生むほどには来ない。

暮らしを始めた昌幸とて別段懐かしさや居心地の良さを感じる町ではない。都会で日々会社を経営し、毎日何人もの人と会い、何時間も電話で遣り取りし、大量のメールをチェックし、携帯電話の充電が間に合わない時と比べればよほど心身に良さそうな状態ではあったが、三十二歳でそうなりたかったわけでもなかった。

そしてスーパーでの買い物のため、曇り空の昼頃に町を歩いていると、十一年前、山の中で彼を助けた雪女がソフトクリームを食べながら歩いているのに出くわした。クリームの色からするとあずき味らしい。人間の作った食べ物を買いに町に下りていると聞いていたが、ここに転居してひと月と経たずに出くわすとは、昌幸も驚きだった。

さすがに雪女は町中で悪目立ちしないためか、かろうじて流行遅れをまぬがれている感のある洋服姿で歩いている。山で出会った時、『雪女らしい姿で現れてやった』という意味のことを言っていたので、服装などはある程度変化させられるのだろう。妖怪なのだからそれくらいの術なり怪なりを持ち合わせていても構わない。また雪女は十一年を経過していても、まるで年齢を重ねた様子がなかった。変わらぬ容姿をしていた。変わらぬ白さをしていた。

そこを恐れるのが普通なのかもしれなかったが、妖怪の知り合いなら妖怪らしくあった方がかえって懐かしさも湧くというものだった。

昌幸はつい笑い、次は何を食べようかと周辺の店を物色しているらしきその雪女に声をかけた。

「昔、山の中で死にかけていたところ、自分を美人だと思っている女に出会いましてね」

雪女はいきなり横から声をかけてきた昌幸に迷惑げな目を向け、しばしそのままでいたが、じき誰か気づいたらしい。昌幸は構わず続けた。

「女は雪女だと名乗り、事実妖異な力で私を助けてくれたのです。おかげでこうして生きているわけですが、時折あれは夢だったのか現実だったのかと迷うこともある次第で」

雪女はソフトクリームを持ったまま慌てたように昌幸に詰め寄ってきた。

「待て待てっ。おぬし、人にもらせば殺すと言ったであろうっ」

「当事者に思い出話を語っただけだ。なら『人』にもらしたことにはならないだろう」

昌幸は理屈をもって余裕で答えたが、雪女はかつてと同じに憐れむ声で言う。

「だから小泉八雲をまだ読んでおらんのか、あれに出てくる男はそれでも約束を破ったと雪女に激怒されておるぞ」

「あれは主人公の男が妻を雪女だと知らずに語っているわけだから、男の主観では雪女という妖怪ではなく『人』にもらした、という構図になり、雪女との約束に反したとの解釈も成り立つ。だが俺はきみがあの時の雪女と認識した上で語ったわけだから、『人』にはもらしていない」

「それは詭弁(きべん)とか言うのではないか？」

雪女は納得いかなげにはしたが、クリームが溶けて垂れる方を気にしてか、そちらをまず口にしてから肩を落とした。

「まあいい。しかしよく私があの時の雪女とわかったな？　それなりに格好は変わっておるだろう」

「顔や白さは変わっていない。見間違うものか」

「ああ、美しさは隠せんか」

「いや、強(し)いて言うほどではないぞ」

「今からでも以前死にかけた場所に運んでやろうか？」

悪くはなかったが、昌幸はそれを期待して声をかけたわけでもなかった。

「そちらもよく俺がわかったな。あれから十一年ばかり経ってるんだ、年相応に顔も変わっているはずだが」

「最近助けた覚えのある人間はおぬしだけだ。それに我らあやかしは顔形だけで人を見ているわけではない。たやすく変わらぬその者の気配や色がある」

それがどんなものか昌幸も見てみたいものだったが、その気配や色にもきれい、汚いがあるのだろうか。

他の通行人の邪魔にならないよう道の端に移動しながら昌幸は本題に入った。

「俺はきみに十分恩を返せていなかったのが気掛かりだった。社会人になって自由にできる金も増えた。ソフトクリームくらい何十個でも買ってやれるぞ」

「別にこれを何十もいらんが」

雪女はつまらなそうにソフトクリームを口に入れ、昌幸の提案を吟味するようにしていたが、悪くないと判断したらしい。

「確かに昨今、手に入る人間の金は少ない。物の値段も上がっておる。いくらか人の暮らしはわかっておるが、店に入るのはやはり緊張もする。ポイントカードがどうとかサービスデーがどうとかこの日は三倍でとか、人の暦など知らんし、惑うばかりだ。おぬしが一緒なら店に入って品をゆっくり選べるし、惑うこともないが」

「今月から外れに家を借りて暮らしている。人目を気にせず食事するにも適しているよ」

「ほう、ならおぬし、料理はできるか？　作りたてがうまいものもあるからな、人の家なら凝ったものも作れるのではないか？」

「去年離婚して、それから料理はかなりできるようになったよ」

　昌幸はそこには自信があった。対して雪女はあらためて訝しむ目を向けてきながらソフトクリームのコーンをかじる。

「離婚とはどうした？　いや、よく見れば顔色もずいぶん優れんな？」

「重めの人間不信だ。十一年前、親友に殺されかけた時点で兆候はあったが、その後結婚した妻に愛人を作られ、あげくまた殺されかけた。結局離婚だ。これが去年の六月。それで大学を出てから興した会社は三ヵ月前、仲間の裏切りにあって大会社に吸収合併された。社長の俺に当然居場所はない。友と妻と仲間に裏切られ、職も失って、人を信じられなくなった。こうして腹を割って愚痴を話せそうなのは、妖怪くらいしか思いつかなかった。だから身辺をできる限り整理して、ここに移ってきた」

　昌幸は正直に吐露した。あるいは雪女に約束違反を咎められて殺された方が楽になれると考えていたのかもしれない。

　雪女はいかにも閉口そうにしかめっ面をする。

「ならばおぬし、暮らしにも困っておろう。そんな人間にはたかれんぞ?」

十一年前と変わりなく、雪女の発言は分別をわきまえている。昌幸は手を振った。

「社長職は追われたが、個人的な資産まで奪われたわけじゃない。まあ、二十年は優雅に暮らせる金はあるよ。しばらくここで家に引きこもり、読書やゲームでもしながら心身を休めようと思っている」

「それを先に言え。むしろ恵まれた身の上ではないか。第一、二度も殺されかけて無事でいるのだから、おぬしかなりの幸運であろう」

「金はあるが人を信じられない男は、昔話では最後にひどい目に遭う悪役じゃないか」

新しく起業するにも技能を身につけるにも、資金さえあればやり直しは難しくない。けれど人を信じられずに経営などできず、人の指示で動こうという気にもなれない。

「不憫(ふびん)なやつだな。私への恩返しどころではないであろう」

雪女はソフトクリームをすっかり腹に収めて手を払い、凄艶(せいえん)に笑ってみせた。

「良い酒が飲みたいな。海の魚も食べてみたい。それを前にしてなら、話し相手くらいにはなってやろう」

「これからスーパーに行くところだ。そこで好きなものを好きなだけカゴに入れてくれ。望みの料理があれば作らせてもらうよ」

昌幸はその方向を指して歩き出す。もともと買い物のために町中に出てきたのだから、予定は変わっていない。

　雪女も横について歩みを合わせた。


　そうして雪女と再会し、交流が始まった。さすがに毎日ではないが、雪女は週に二、三度、夜になってから訪れる習慣になっていた。

　昌幸が借りたのは二階建ての庭付きの一軒家で築四十年、四人家族が住むにはちょうどいい大きさで、ひとりで暮らすには少々静か過ぎる。ただそれだけ空間があるので外から中をうかがうのは難しく、妖怪を招き入れても気遣わず話すのに適している。

　とはいえ町の外れで近所に民家も少なく、庭でバーベキューをしても煙の苦情はどこからも来そうにない場所であるため、もともと気遣いはいらないだろう。

　一方でそんな家へ若く見える女性が頻繁に向かっていくとなればどこでどう目に留まるか知れず、人目につかないのが平常の妖怪としては望ましくはない。そのため雪女はいつも夜の闇にまぎれ、空を飛んで二階の窓から家の中へと入ってくる。窓が開いておらずとも、いくらか隙間があればそこから中へ冷気とともに入ってくるのも可能らしい。そのため雪女が昌幸の家に通う姿を見られたりはしない。

　そんな雪女も買い物には同行したがる。やはりどんなものを食べるか、どんな食品があるのか、自分の目で見て選ぶのは楽しいと言うのだ。所持金を気にする必要がないとなればなおさらだろう。

　さすがに町内で頻繁に連れ立っていると顔を憶(おぼ)えられるかもしれないので、町外の大きめの商業施設で食料品を買う際に一緒に行ったりしていた。周りに人が多くいれば目立ちはしないだろうし、昌幸が気をつけていれば人間らしくない行動を取らないよう注意もできる。

　町中にいる時、雪女は洋服姿であったが、昌幸の家の中ではかつて山中で出会った時と同じ白い着物姿に変わる。雪女といえばこの姿であろう、とこだわりがあるらしく、その方が落ち着くと胸を張られた。

　雪女はいろいろなものを食べたがったが、けして高級志向ではない。日本酒は吟醸酒が一番と自ら升に注いで調子よく飲むが、ビールやワインは高いものより安いものをたくさん飲むのが性に合うと言い、海の魚も最初は珍しいと鮪(まぐろ)や鯛(たい)や鰤(ぶり)の刺身を選んでいたが、すぐ飽きたと牛や豚の肉に移り、ランクの高い肉を試す前にラーメンに興味が向いた。真っ白い着物でカレーうどんを食べようとした時は昌幸の方が慌てたが、妖怪の力を発揮してか、その白地に黄色い点をひとつもつけなかった。

　夏になればざるそばやそうめんを雑多な薬味で食べさせろと言い、生姜(しょうが)、ねぎ、ごま、オクラなどを刻んだ。雪女が真夏に平地を出歩いて体はどうにもならないのか、と今さらながら尋ねたが、それで死ぬなら雪女の寿命は一年もなかろう、とあきれられた。

再会から四ヵ月近くが経った九月のある夜、午後八時前、雪女は彼の作る天ぷらをうまそうに食べていた。雪女は野菜の天ぷらに興味を持ち、今夜はそれを中心に食べさせろと求められたのだ。昌幸はそれに応え、天ぷら鍋も新たに買ってこうして次々揚げながら目の前に並べてやっている。

「うん、揚げたてのこの熱さがたまらんな。天つゆよりも塩で食べる方がいい」

椅子に座る雪女は白い指に取る箸で、からりと揚げられた薄い衣のししとうの天ぷらを口に入れて上機嫌に言う。

「雪女が熱さがいいとか、昔話じゃ囲炉裏の火や熱いお茶で溶けたとかいう事例もあるんだぞ」

「いつの時代の話だ。人と交わって何人も子を作れる雪女が語られ信じられているのに、天ぷらくらいで溶けてたまるものか」

雪女は相変わらず昌幸の無学を小馬鹿にしてくる。そこで昌幸は人間とさしたる違いもなく見える雪女に訊いてみた。

「なあ、多くの人間が知らないだけで、町中にはきみみたいな妖怪がけっこうまぎれているのか?」

雪女は昌幸がこの世に怪異が氾濫していそうなのを恐れていると踏んだのか、愉快そうにタマネギの天ぷらを口にする。

「いるだろうな。ただ人間に関わると厄介事を招きやすいので、近しくなる者はそうはあるまい。双方、関わらぬのが平穏というものだ。怪異のものが必ずしも人より強いとは限らんし、むしろ人間は世のありようへの恐れや敬意を持たん分、危うくてかなわん」

「人間の怖さは俺も身にしみているよ。ならきみがこうして俺の所にたびたび来ていて問題にならないのか？」

雪女と昌幸の関わりは近いどころではない。日によって雪女は、今日は飲み過ぎたから泊まっていくぞ、と居間のソファで横になり、翌日朝食まで腹に入れて山へ帰っていく時もある。

自覚はあるのか、雪女は唇を尖らせた。

「仲間内ではやめた方が、と忠告するものもある。逆に人をよく知るためにも近いものがいても構わないという意見もある。私もそれでおぬしを利用し過ぎではないかと、おひいさまに相談したこともある」

「おひいさま？」

昌幸もえびの天ぷらに箸を伸ばしながら、その耳慣れない呼称を繰り返してしまった。

「うむ。我らあやかし、妖怪、幽霊、魔などと呼ばれるもの達の知恵の神だ。我らの間でももめごとはあるし、解決に苦しむ問題を抱えることもある。人の行いに悩まされ、その解消を願うこともな。そういう時に頼らせていただくのがおひいさまだ。私がお会いしたのは二度ほどだが、そのご活躍の数々、知恵の冴えには噂だけでもほれぼれするぞ」

雪女が誇らしげにするのに、昌幸は素直に感心してしまった。

「妖怪が神とあがめるとは、また特別な化け物なのか？」

「いや。おひいさまはもとは人間であらせられる」

意外な返答に、昌幸は口を開けたままになった。

雪女は続ける。

「人とあやかしの間に立ち、世の理を整えられる役目も負われる方だ、人としてのお立場もなくてはならん。おひいさまは我らによって人から神となられたのだ。私は関わっておらんが、その資質を持った子をさらい、知恵の神となってくださるかという頼みに肯かれると、その片眼をえぐり取り、片足を切り離し、一眼一足の身となっていただく。かくてその子は我らが知恵の神となられる」

いきなり猟奇的な、まさに化け物らしい所業を聞かされ、昌幸は慌てた。

「子どもをさらって眼や足をとか、いくらなんでも残酷な。いや、神を自ら作るって、そんなの無茶だろう」

雪女は昌幸の反応に不思議そうにする。

「今さらなんだ、人間にも人柱や牛贄の風習はあろう。それに自ら神を名乗り、神でないものを神にまつりあげるのも人間の方がよほど多いと聞くぞ」

そう言われればそうだ。後で知ったのだが、片眼片足を奪って神への捧げ物にする、その者を神とするといった儀式は人の間でも行われていたというし、新興のものに限らずとも、人を神にする宗教は枚挙にいとまがない。

それでも昌幸は承服しかねた。

「だがもとは人間の子に妖怪達を取り仕切れるのか？　中には凶暴なやつや、そのおひいさまに従わないのもいるだろう？　俺のイメージでは妖怪っていうのは粗暴で荒っぽく、怪異な力で我を通そうとするものが多いんだが」

「まあ、私のように人らしく言葉も使え、考えられるものは少ないな。だからこそ知恵の神を必要とするのだ。そして確かにおひいさまは知恵以外、際立った力を持たれぬ。だがたとえ地を割り、空を裂くほどの怪異な力を持つ化け物でもおひいさまはその知恵で封じ込めてしまわれる。可憐にして苛烈と呼ばれるゆえんだ。おひいさまに味方するあやかしも多いゆえ、暴れるものがいてもきちんと対処できる」

知恵は時に武力をしのぐと言うし、知略によって大国を翻弄し、勝利するといった英雄譚、賢者の逸話もあるが、おひいさまは化け物相手にそれをやっているらしい。人の子でありながら数奇な運命に巻き込まれてさぞ苦労していそうだ。

しかし可憐にして苛烈とは、正反対の表現ではないだろうか。わけがわからない。

「それに近年、おひいさまは恋人を作られてな」

「いきなり俗っぽい話になったな」

そのおひいさまは片眼と片足を妖怪に奪われても普通に暮らせているらしい。

「この恋人が恐ろしいやつでな。本来ならおひいさまのそばに置かん方が良いものなのだが、おひいさまが気に入られたので、我らとしても認めざるをえずにな。いや、味方なればあれほど心強いものはおらんのだが」

その恋人を評価しながらも懸念する面の方が雪女には多そうだ。

「雪女がそこまで言うとは、どういう化け物なんだ？」

「それももとは人間だ。ただ人魚の肉を食べて不死の身を得ておる」

忌むごとき言い種をされても、昌幸にとっては驚きが勝る。

「人魚を食べると不老不死になるなんて伝説は聞いたことがあるが、本当にそうなった人間がいるのか！」

「またそやつは他の妖怪の肉も食べ、さらなる驚異の力を得ているというのだ。それ以上はおぞましくて聞いておらん。人にはそのものが普通の男に見えるらしいが、我らからするとそやつは言葉にするのさえ汚らわしい怪物としか見えんのだ」

雪女はその人間とまともに面識はなくとも、伝えられた話だけで総身が震えるらしい。

「化け物以上の化け物とも言うべきやつよ。そやつがそばにいれば、おひいさまを害するなどかなわん。幸いそやつはおひいさまによく従うので、無闇に恐れる必要はないとも言われているが」

妖怪達の知恵の神に、それに従う化け物以上の化け物になった人間。昌幸がネクタイを締めてＴＯＢや総会や役員会だと駆け回っていた頃にも、そんな幻妖なるものが厳然と実在していたとは。

「この世界には俺の知らないことが山とあるな」

恐ろしい反面、世知辛い人間関係に疲れた身にはいっそ現実から遊離し過ぎて爽快さも感じられる。

昌幸は話を本題に戻した。

「それでおひいさまは俺との付き合いをどうおっしゃってるんだ？」

「人目につかず、その相手に利用され過ぎぬようにあれば構わんと言ってくださった。少々は人を利してもいいが、我らが力の人の世への影響が大きくなり過ぎてはいかんと」

「もっともだな。おひいさまは割合まともだ」

「面倒になればその男を凍死させて人里から去るように、とも言われておるぞ。それなら自然死に見える可能性が高いから事件にもならないだろうと」

「その解決は乱暴だろう、おひいさま」

雪女は笑ってその手段を受け入れているようだが、昌幸は知恵の神への評価が一段下がった。

雪女は昌幸が出したビールの缶を開けながら、別段興味もなさそうにあらたまって問うてくる。

「おぬし、近所付き合いはどうしている。この集落に来てから、私以外のものとまるで親しくなっておらんのではないか？」

「訪れるのは宅配業者くらいで外出も食料を買う時くらい、近隣住民にはどうやら怖がられて避けられてる。何しろ余所者で強面だからな。堅気じゃないと思われてそうだ。きみがいなければ誰とも会わないあまり、声の出し方も忘れていたよ」

「大げさな。さっきも電話がかかってきて受けておったではないか。かつての仲間か部下といった者であろう？　おぬしの才を惜しんで世に戻そうとしているのではないか？」

これまでも雪女がいる時に携帯電話への着信が何度かあり、それを憶えていたのだろう。退任させられたとはいえ、かつての社の業務や取引先、積極的に彼を裏切ったわけでもない部下に支障が生じた際、最低限の対応はできるよう、電話番号だけは変えていなかった。

「そうは言ってもひとりだけだ。それも仕事の引き継ぎで不備があったとか、業務関連の連絡を寄越すくらいでな。近況や今後どうするといった話の時もあるが、俺が人間不信で引きこもっているのも知っている。さっきも新しく仕事を始めないのかといつものように言ってはいたが、本音ではとうに終わった人間と片付けてるだろう。俺にまだ人望があれば、もっと連絡を取ってくるやつがいるさ」

新しく仕事を始めればついていく者はいるし自分もそのひとりと言ってくれはするが、それが仮に本音であっても、昌幸に未来へ踏み出させるほど信じられるものではない。

雪女はそんな心中を読んでか、小馬鹿にした調子で缶を揺らした。

「ひとりでもいればやり直す時は役に立とう。それに前よりよほど生気のある顔になっておるぞ。おぬしの心が晴れるまでいくらでも相手してやるがな、私は好きなだけうまいものが食べられて満足しておるし。ただそれでは私が得をし過ぎか」

そして雪女は名案が閃(ひらめ)いたとばかり指をひとつ立てた。

「そうだ、奥方と別れてかなり経つであろう、よければ夜の相手もしてやるぞ？」

魅力的な案に聞こえはしたが、昌幸は苦笑で断る。

「妖怪の貞操観念はどうなってるんだ。それにそこまできみに頼るのは、現状じゃ情けなさ過ぎるよ」

「据(す)え膳(ぜん)を食わぬのは恥とも言うぞ」

雪女はどこまで本気か、からかう瞳(ひとみ)を向けてくる。昌幸はため息をついた。

「俺にも少しは格好をつけさせてくれ。今の俺は死人も同然だ。きみの相手になれる男ではない。それにそこまでの関係は、さすがのおひいさまも認めないんじゃないか？」

「避妊すれば構わないとおっしゃったぞ」

「やっぱりそのおひいさま、信用ならないだろう？」

どうもろくな知恵を授けていない。昌幸の頭が固いだけかもしれないが、おひいさまと呼ばれるなら姫神なのだろうが、姫が避妊とかいう言葉を使っていいのか。

雪女の話したような知恵の神が『古事記』にも記されていると昌幸が知ったのは、しばらく後のことだった。

そんな昌幸の一軒家に、九月二十五日の午後一時過ぎ、二人の来訪者があった。

玄関の呼び鈴が鳴った時、昌幸はインターネットで注文した雪女所望のひつまぶしの取り寄せセットが宅配便で届いたのかとドアを開けたが、そこに立っていたのはスーツ姿の中年と若い男だった。

反射的に警戒を前面に出した昌幸に、中年の男が警察官の身分証を提示し、C県警の捜査一課の刑事で古川と名乗った。若い方は本田と言った。C県といえば隣の県ではあるが、その中心部へはここから車で二時間近くはかかる。そんな遠くの刑事がわざわざ何か、とますます警戒が募ったが、古川は世間話でもするみたいに切り出した。

「原田美春さん、あなたが昨年離婚された女性が殺されたのはご存知ですか？」

その名前が妻の結婚前のもので、昌幸と別れたから現在はそれで呼ばれるんだな、と冷静に頭が回っていた。あまりに突拍子もない情報を伝えられたため、昌幸は驚き過ぎてかえって抑揚なく答えてしまう。

「いえ、美春が殺されたって、どうしてまた」

玄関で話すには込み入った内容になるのは明らかで、昌幸は覚悟を決めて二人を家に上げた。雪女が来るのは夜なので、鉢合わせする心配がなかったからでもある。

このかつての妻の殺人事件のため、昌幸がかのおひいさまの助力を受けることになろうとは、夢にも想像できなかった。

居間のソファに座った刑事の話では、今月の十二日、月曜の夜、美春は何者かに撲殺され、翌朝、河川敷の草むらに倒れているのをジョギングをしていた老人によって発見されたという。

離婚後の美春が居住していたのはC県内の市で、十二日、勤めている生花店を午後七時半に退店し、それ以降の足取りはつかめていない。勤め先から五百メートルほど離れたマンションでひとり暮らしをしており、いつも徒歩で通っていたとのこと。死体が発見された河川敷はそのマンション方向の、生花店から通りを二つ外れた道沿いで、美春はそこへ犯人に強引に連れてこられたのか、誘い出されたのか、殺人現場はその河川敷でまず間違いないが、経緯はまだ不明だという。

美春はバールやスパナといった鈍器で頭部を繰り返し撲られ、腕に防御した痕跡もあり、それなりの抵抗をした結果殺されたと見られた。傷跡から最初は後ろから撲られ、それで即死したり意識を失ったりせず、犯人の方を向いて抵抗した様子とのことだ。死体が発見された時、顔は血まみれで、人相の判別もつきにくかったらしい。凶器はまだ発見されていない。

「そんなことになっていたとは知りませんでした。新聞は取っていませんし、テレビもあまり見ませんし、インターネットでニュースサイトは開きますが、殺人事件の記事とか詳しく確認しませんから。美春とは別れて以後一度も会っていませんし、連絡も取っていません」

ニュースサイトの限られた字数の見出しでは個人名まではまず記されず、それらをざっと眺めるだけなら気づかないままにもなる。

「生花店に勤めていたとか、隣の県で暮らしていたとかも初めて知りましたよ」

話を聞いて昌幸は動揺するより、刑事がそれで何を訊きに来たのかに注意が向いた。一年以上前に別れた夫が話せることは少ないはずだった。

美春の所持品から現金の入った財布やカード、貴金属、マンションの鍵、携帯電話、身分証といったものは奪われておらず、着衣が乱された跡もなく、自宅に侵入者があった形跡もなく、警察は面識のある者による怨恨の線で捜査を始めているという。

古川はそこまで話し、眉を上げた。

「ところで離婚理由ですが、表向きは美春さんの浮気がきっかけとなっていますが、実際はその上で彼女があなたを殺そうとしたからだそうですな。あなたが警察に訴えてもいないので事件になっていませんが。車で出掛けるあなたに睡眠薬を密かに飲ませるなんて、十分殺人未遂で立件できましたよ」

一度昌幸は刑事の向こうの壁にかかるカレンダーを見つめ、それから対面の相手に静かに問い直した。

「どうしてそれを?」

昌幸は二十九歳の時に美春と恋愛結婚をし、三十一歳の時、殺されかけた。三月のことだった。車で出勤する際、いつも飲む栄養ドリンクに睡眠薬が混入されていたのだ。その日は高速道路に乗って打ち合わせ相手の社に直接行く予定であり、まさに高速道路上で薬の効果が出る計算だった。それで事故となって昌幸が死んでも、日頃から仕事が忙しく睡眠不足だったという証言があれば司法解剖もされず事故死とみなされた可能性が高い。

それで死に至らず、また美春が混入したとわかったのはいくつかの偶然が重なったためである。栄養ドリンクは大抵出掛けに美春から渡され、その場で飲んで瓶を返すのだが、受け取って飲んでいる時に携帯電話に着信があり、それに応答をしながら家を出たため、つい瓶を手にしたまま車に乗り込んだのだ。

美春が瓶を返してもらおうと呼び止めようとしたかもしれないが、電話の用件と打ち合わせに向かう時間から振り返りもせず、出発していた。

電話の連絡で直接打ち合わせ先に向かうのではなく、一度自社に寄って書類やサンプルを取る必要が生じ、そうして社に入ったところで、打ち合わせ先でトラブルがあり、その対応で日を変えてくれないかという知らせが入った。その十分後、昌幸は急激な睡魔に襲われ、ソファに横になり、目覚めるのに時間を要した。

さすがに不審になって車内に置いていた瓶を個人的な伝手で調べてもらうと、睡眠薬が検出された。混入できた者としては妻が一番疑わしい。だからまさかと思いつつも妻の周りを調べさせたら、愛人がいるのがわかった。

その検査と調査の結果を見せると、美春は殺人未遂を認めた。昌幸の資産は大きく、それを失わず愛人と結ばれるためにやったという。

離婚の同意はすぐ得られ、弁護士を立てて話し合いを重ねる必要もなく役所に届けを出し、それで全て済んだ話だった。昌幸は誰にも真相を話していないし、美春も自身の犯罪を誰かに語れはしないだろう。浮気相手にも秘密でやったと言っていた。

昌幸の問い掛けに答えず古川は返す。

「その前に、なぜそれを警察に訴えなかったのです？」

「美春は睡眠薬の混入を認めはしましたが、裁判で否定されても揺るがないほどの証拠はありませんでしたし、殺人未遂くらいだと大した罪にもなりません」

「ああ、あなたは学生時代にもご友人に殺されかけたそうですな」

「だから徒労なのも知ってるんですよ。仮にも愛して結婚した妻です、仕事にかまけ、彼女を他の男が必要な気持ちにさせたこちらにも非はある。殺されかけはしても幸いかすり傷ひとつ負わなかった。ことさら暴き立てても後味が悪いだけです」

警察沙汰（ざた）や裁判沙汰になれば妻がどれだけ昌幸に不満を感じていたかが公にされるだけで、慰めにもならない。

昌幸の心境をどれだけ理解できているのか、古川は肯きながら自身のペースで語る。

「とはいえ浮気の事実があり、殺人未遂を訴えられる立場を掲げれば、美春さんはどんな条件を出されても離婚に同意するしかなかったでしょう。なのにあなた、美春さんにそれなりの財産を分与していますね。分与なしの離婚を認めさせることもできたのに」

「権利は権利ですから。あまり冷たくして逆恨（さかうら）みされても困りますよ」

昌幸は嘘（うそ）をついているつもりはないが、中年の刑事の思考は読めない。

「そのおそれはありますね。美春さんも離婚直後にすぐ浮気相手から別れを切り出されてますから、経済的には助かったでしょう」

古川は腰を据える座り方になって、黙っている昌幸に言う。

「あなたは顔に似合わずお優しいのかもしれません。けれど美春さんはそう受け取らなかった。美春さんは『自分が変死すればあなたに殺されたに違いない、すぐ捕まえてくれ』といった内容の告発文を自宅に隠しておられました。そこにあなたを殺そうとして失敗して離婚に至った顛末も書かれていました。それがなければ我々もあなたと美春さんの本当の事情を知れなかったでしょう。友人も浮気相手さえも知らなかったようですから」

昌幸はそれで刑事がここを訪れた理由の一端は知れたが、まだ腑に落ちない。

「美春がどう書いていようと、私に彼女を殺す理由なんてないでしょう?」

要領を得ない昌幸に、刑事は丁寧な説明を始めた。

「美春さんはあなたに復讐されると切実に感じていたんですよ。あなたを殺して財産を総取りしようと計画してたんですから、恨まれているとも思いますよ。なのにあなたは警察にも訴えず離婚するだけで済ませ、周囲に離婚理由も偽って彼女の体面を守り、一定の財産まで渡している。寛大にもほどがあります。美春さんにとっては気味が悪かったんですよ。だからこれは後で自分を殺すためのカモフラージュではないかと疑っていたんです」

昌幸はあまりの邪推に何も言えなかった。

「美春さんは、自分が殺されても容疑が向きにくいようあなたはわざと円満を装って離婚したに違いない、とも書いていました。だから周囲に離婚理由は美春さんの浮気を挙げるだけで殺人未遂についてはいっさい語らず、先程おっしゃったようにあなたにも非があると話していたと」

「そんな手間と時間をかけて復讐するほど陰湿ではありませんよ」

憂鬱な気分をなるべく伝えようと昌幸は態度にも出してみせたが、刑事の古川が真に受けた感触はなかった。

「時間をおいて殺した方が被害者との関係が薄く捉えられ、捜査圏外の人物になって安全にはなります。今回も告発文などがなければ、容疑者としてあなたは遠かったかもしれません。そういう報復を狙う者もいますよ」

そんな情熱や執念が今あれば、俗世を離れたみたいな生活をしていないと言おうとしたが、これも徒労になりそうで昌幸は刑事が話すに任せた。

「学生時代にあなたを殺そうとしたご友人もすでに亡くなられていますね。山での殺人未遂から三年後ですか、交通事故で」

「らしいですね。風の噂だけで、詳細は知りませんが。それが?」

古川は昌幸から視線を動かさなかった。

「その件、一応確認しましたが、あなたが関与した形跡はありません。周りからも疑われていませんね。ですがその死を知った美春さんはあなたがやったと思い、いっそう危機感を募らせたのでしょう。自分も同様に復讐されるのだと。だから自分が殺されてもあなたが無事で済まないよう、おのれの罪まで告白した文書を隠しておいた」

「その内容を信じられたんですか？」

警察なら信じるだろう。他に有力な容疑者が挙がっていなければなお、追及するに違いない。

古川はさらに昌幸の容疑を濃くする情報を出してきた。

「殺された美春さんの手の平に、サインペンで文字が書かれていましてね。拳を握って亡くなっていたので犯人も気づかなかったんでしょう。死んだ直後に力が抜けて手が開くこともありますが、すぐ硬直して握ったままになることもあるんです」

左手を開き、古川はそこに文字を書く動作をする。

「その字は河川敷に連れてこられる時にでも犯人に気づかれないよう、手元も見ず慌てて書かれたみたいでした。美春さんが所持していたトートバッグの中に筆記用具がいくつか入っていましたが、サインペンは見つかっていません。書いている途中でどこかに落としたとも考えられます」

開いた手をそのままに、古川は少し笑った。

「その手の平にはカタカナで『マリユ』と読める字が書かれていました。あなたの名前は『マサユキ』でしたね。途中まで書き、犯人に気づかれそうになったのでそこまでになったのでしょうかね」

「途中までなら次は『キ』を書こうとしたとは限らないでしょう」

昌幸は仏頂面で答えたが、『マサユメ』という別解に説得力がないのはわかる。

古川は口許だけで笑って肯いた。

「そうですね。『コ』と書こうとしたのが下の棒を伸ばし過ぎて『ユ』になったかもしれませんし」

それから古川はふと思いついたという風に尋ねてきた。

「ところで十二日の午後八時から午後十時の間、どちらにおられました?」

いわゆるアリバイの確認だ。それが美春の死亡推定時刻なのだろう。

昌幸はしばし黙り込んでしまった。その日時の行動をどう答えれば無難で真実を探られないか、整理する必要があった。すると若い方の刑事が数枚の写真を取り出してテーブルに広げ始める。古川がそれらを示した。

「見て下さい。ここから一番近いショッピングモールの防犯カメラからの画像です。日付は今月の四日」

昌幸はそれらを見て、どうにか表情に出すのは抑えたものの内心はかなり焦っていた。あれがこういう形で不利な証拠になろうとは、いくらなんでも予想外だった。

古川は昌幸の動揺を読み取ったのか、無表情に重ねる。

「美春さんと思われる女性とあなたが一緒にいるのが映っていますね。離婚されてから一度も会っていないというお話でしたが？　犯行の何日も前に友好的に会っておき、殺人決行の時もそういう雰囲気で顔を合わせ、油断を誘おうとしていたとも考えられますが」

確かにそれは美春と同じくらいの背格好で顔立ちも似た女性と昌幸が一緒にいる画像だった。解像度が高ければ美春と別人と判じられるだろうが、この防犯カメラの精度では同一人物と受け取る者もいよう。その時刻に美春が別の場所にいたのがわかっていれば別人との立証もできるだろうが、刑事が並べた以上、そうはいかなかったのだろう。

昌幸はこうきっぱり答えるしかない。

「それは美春に似ているだけで、違う知人ですよ」

「ではどこのどちらの方です？」

間髪を入れず古川は問うてきたが、昌幸は答えられなかった。

二人の刑事が示し合わせたごとくソファから立ち上がる。

「近くの警察署まで、同行していただけますか？」

任意同行と呼ばれるもので、警察署で本格的に取り調べたい、という意思表示だ。

警察へは不信感しかなかったが、断ればいっそう立場を悪くするだけだ。昌幸も立ち上がるしかなかった。

昌幸は地元署で長時間の聴取を受けたが、それ以上拘束するには証拠も手掛かりも不十分なのか、暗くなった頃には解放された。ただしアリバイや防犯カメラに一緒に映っていた女性について言葉を濁したため、疑いは強まりこそすれ弱まるはずもなかった。

家に戻れたのは午後八時過ぎで、勝手に家に入ってビールの缶を片手に魚肉ソーセージをかじっていた雪女に『夕飯も用意せず何をしていた』とにらまれたものである。

昌幸はさすがに疲れていたので電子レンジで温めるだけで食べられる冷凍の唐揚げやチャーハンやシュウマイにカット野菜のサラダを用意しながら、刑事の来訪から元妻が殺されて容疑者にされた事情をひと通り語った。

テーブルに皿を並べた頃、さすがに雪女も同情的な反応でビールの缶を置いた。

「死んでもまだおぬしに迷惑をかけるとは、ひどい女もいたものだな」

とはいえ一時は昌幸の妻だったわけで、複雑な思いになりはしたが訂正はしない。

雪女はひとつ唸る。

「だがおぬしもおぬしだ、ちゃんと近所付き合いをしておれば『アリバイ』とかいうものもあったかもしれんのに。こういう時に日頃の行いがものを言うぞ」

あまりにもっともだったが、そのアリバイがまた問題なのである。

昌幸は少しためらいはしたが、その点を語った。

「アリバイはないこともない。十二日の午後八時頃といえば十三日前、ちょうどきみと天ぷらを食べていた日だよ」

雪女は言われ、指を折りながら日数を頭の中でさかのぼるようにし、ようやく手を打った。

「おお、そういえばそうか。あの日は夜更けまで天ぷらと酒を堪能して、ここに泊まって翌朝帰ったのだった。ならおぬしが犯人のわけがない、万事明快ではないか」

「そうなんだが、警察に雪女をアリバイの証人として出すわけにはいかないだろう」

警察が証言を信じる信じない以前に、どんな騒動が起こるか知れない。

「アリバイを訊かれた時、すぐ、そんなものはない、と答えれば良かったんだが、ないこともないか、とつい考え込んでしまった間が変に警察に疑念を与えてしまった」

ないと答えるにも雪女について悟られない適切な嘘は何かと迷ってしまったのもあった。下手にひとりでいたと話すと、最近食料品を大量に買い込んでいるが誰か招いているのでは、と探られるおそれまで頭に浮かんだのである。結局それが悪い方に働いた。

雪女はしかし昌幸の無実を確信できたのに満足してか、笑って請け合う。

「だとしてもおぬしは潔白なのだ。疑いが晴れぬわけがなかろう」

対して昌幸には笑い事ではない要素がまだあった。

「ところが防犯カメラの画像がいっそう俺を不利にしていてな。あれで俺は明らかに嘘をついていると判断され、何を言っても疑ってかかられるようになっている」

「別れた奥方によく似た女と一緒だったというやつか？　そんなもの、そやつを警察に教えてやればいいだけであろう。一緒にいたなら知り合いであろうに、隠す必要もあるまい。それで警察も納得しように」

雪女はそう軽く済ませるが、これもまた同じ問題を抱えていた。昌幸は言うべきかどうかかなり迷ったが、言わないわけにもいかないとあきらめた。

「そこに一緒に映っていた女性はきみだ。何度かショッピングモールの食品売り場に連れ立って行ったことがあるだろう」

だから警察にその女性が誰か教えられない。住所不定で人の世に戸籍もない妖怪はやはり証人にはなれないのだ。

雪女はビールの缶に伸ばしかけていた手をそのまましばし止めていた。

「おぬしの別れた奥方と私は似ておるのか？」

「並べれば違いはあるが、それなりには」

雪女の方が若く見えるが、警察が映像で誤認するくらいには似ている。

「どうしてまた私と似た女と結婚しておったのだ」

「なぜだろうな。雪に埋もれて見上げた何かの姿を忘れられなかったからかもしれない」

けして言うまいと思っていたが、よほど心が疲れていたのか、誤魔化すのに疲れたくなかったのか。死を覚悟した時に見た、人ではない女性の白い姿は、どれほどの裏切りにあっても色褪せなかった。それだけが昌幸を裏切らなかった。

雪女はしばし、聞かない方が良かったか、といった風に宙にあるものを手でつかむような仕草をし、それから腹立ちまぎれといった風にビールの缶を取ると昌幸と反対側を向いて口許で傾ける。

「何と言うか、それではその別れた奥方も面白くなかったろう。誰かと比べられている気がずっとしておったかもしれん」

「反省はしている。だから浮気されても仕方ないし、離婚の時も気遣ったんだ。殺そうとまでするのはあんまりだが」

これ以上その件を掘り下げても気まずいだけだろうから、昌幸は現状の把握に戻った。

「ともかく、そのため警察にはアリバイも、一緒に映っている女性が誰かも説明できない。説明できない分、容疑は強まっていく。まるで罠にはめられたみたいに」

雪女は苛立たしげに缶を握り潰し、ようやく昌幸の窮地を理解したとばかりその缶を凍結させて粉々にした。

「私が表に出れば済むというのに。できんばかりに余計おぬしがまずい立場になっておるのかっ。おい、大丈夫なのか？」

「警察はこれと決めた相手は証拠を偽造してでも有罪に持っていくというからな。旗色はかなり悪い」

とても警察を信じられる状態ではなかった。もし犯行に使われた凶器や血痕のついた服でもこの家から出れば、逃れようなく捕まるだろう。警察が仕込むかもしれないのだ。

その前に昌幸は手を打たねばならなかった。今さら人生に希望もないが、このまま捕まって有罪になりでもしたら、雪女に余計な罪悪感を抱かせかねない。恩返しを標榜してここに来たのに、そんな終わりではいっそう情けない。

「ただ幸い俺には金と時間がある。自由に動けなくなる前に、俺自身の手で真犯人を見つけてやる。そうなれば無実は証明できる。それ以外、道はないだろう」

「見つけるあてはあるのか?」

「ここに引きこもっているよりはましだ。すまないがしばらく留守にするぞ。酒や食べ物はある程度ストックがあるし、現金も置いていくから自由に使ってくれ」

さっそく昌幸は行動に移ろうとするが、雪女が肩を押さえにかかってくる。

「待て待て待て。変に動けばいっそう疑いを招かんか? 警察を信じられんのはわかるが、あてもなくひとりではしくじるとしか思えん。警察もおぬしを見張っていよう」

だから夜闇に乗じ、先んじて動こうとしているが、雪女には無謀に見えるのかもしれない。

「私も手を貸すゆえ、ひとりで何でもやろうとするな。私はおぬしの潔白を知っておるのだ、みすみす捕まえさせなどせん」

雪女は昌幸を押さえながら白い頬をいっそう白くして訴える。けれど人の世に不慣れで、人の世より単純そうな化け物の世界に住む妖怪に、現実の殺人事件や警察組織に効果的な対処をする力はないだろう。

しばし悩み込んでいた雪女は、やがて手を叩いて顔を輝かせた。

「そうだ、こういう時こそおひいさまのお力に頼ろう！　あの方ならばおぬしを助け、真犯人も見つけてくださるぞ！」

意気軒昂に言うが、今度は昌幸の方が心許なくなった。

「それこそ大丈夫か？」

伝え聞く話では、そのおひいさまの知恵はろくなものではないのだが。


結局昌幸は雪女の説得に応じ、自ら行動するのは抑制した。それから雪女は妖怪独自の連絡網でもあるのか、おひいさまに事情と窮状を伝えるためと言って鳥に似た、けれど足や羽や嘴や目がどことなく鳥らしくないものを呼び出し、それに熱心に語りかけて空へ送り出した。

警察は昌幸に任意同行をかけて以降、思ったほど接触しては来ず、接触しても再び署で話を、という流れにもしなかった。けれど家から出れば尾行されている気がしたし、家の周囲にも張り込まれていそうではあった。

昌幸の前の会社の関係者にもこの頃に捜査の手を広げていたようだが、それが昌幸にとってどう働くかは見当もつかない。警察も強く怪しんではいるが、逮捕するには決定的な証拠が出ず、この田舎町(いなかまち)で孤立して暮らしているので近隣から得られる情報も少なく、昌幸がまずい動きでも取らないかと願っていると見受けられた。

なら雪女の制止は正しかったとも言えるが、昌幸の方も手詰まりには違いなく、人間であって人間とは異なる地位にいるらしい、正体不明のおひいさまを頼りにするのもまずいのではないか、という考えが日に日に強まっていった。

やがて警察が昌幸の所に訪れて十日ばかり過ぎた十月四日の夜、昌幸は着物姿の雪女にかつてのように抱えられ、近くの山中の奥深くに連れて行かれることになった。

なんでもおひいさまがわざわざ足を運び、じきじきにお会い下さるという。会うにしてもなぜ山の中なのか、と思ったが、妖怪の神と人里で会うのもおかしいのか、と一応疑問を飲み込み、黒髪をなびかす雪女とともに黒い木々の間へ降り立った。

そこは麓へまともに道がつながっておらず、獣くらいしか通れない閉塞(へいそく)的な場所で、たとえ道があっても二時間以上の登山を強いられる位置にあった。必然的に月光以外に周囲を照らすものはなく、その月も今日は隠れており、昌幸が念のために手にしていた懐中電灯がなければ真っ暗闇のはずだった。

なのに十メートルばかり先にぼんやりと明るく、熱を感じる場所があった。先に立つ雪女に従ってそちらへ向かうと、そこは木々に囲まれつつも岩や土が露出して、ひと休みするのにちょうど良い開けた空間になっていた。

そこの宙には青白い光を放つ人魂がいくつも舞い、五匹ばかりの狸が二本足で立って火の入った提灯をぶら下げ、闇に塗りつぶされているはずの山中に明るい場所を作り出しているのだ。

その中央にひとり、露出した岩に腰掛けている少女がいた。いや、少女と呼ぶには顔つきや雰囲気は老成して見えた。両の瞳は大きく、口は小さく、肌は透明感があり、幼い顔立ちなのになぜか幼く感じられない。またその娘は灰色の無骨で大きな岩に腰掛けているのもあってか、かなり小柄に見えた。

なおかつ娘はクリーム色のベレー帽をかぶり、山を意識したのか自然の緑や灰色を基調にした高級そうな上着とスカートを身につけ、どこか精巧な西洋人形めいた風情でそこにいた。よく見れば、岩には赤色のステッキが立て掛けられている。およそ山の中で出くわすはずのない光景だ。まだ雪女の方がそこにいて違和感がない。

さらにその西洋人形のような娘は、コンビニエンスストアの弁当を手にして割り箸で食べていた。トンカツ弁当だった。透明な蓋が傍らに置かれ、スーパーでよく見るペットボトルの緑茶まであった。大部分は幻想的でありながら、それを台無しにする俗っぽいものが存在を主張してやまない。

昌幸は出現した光景にぽかんと立ち尽くしていたが、雪女はその娘のそばに寄ると両手両膝をついて頭を下げる。

「おひいさま、このたびは願いを聞いていただき、ありがとうございます」

「それが私の役目だから、気にしなくていい」

娘は箸を止めて鷹揚に応じると、その箸とトンカツ弁当を横に置き、ステッキを手にして岩から地面に立ち上がった。そして昌幸の方に向いてベレー帽を取る。

「はじめまして。妖怪、あやかし、化け物、幽霊、怪異、魔、そう呼ばれるもの達の知恵の神をつとめる岩永琴子と申します。雪女の頼みを受け、あなたが関わる事件の解決に参りました」

妖怪から知恵の神、おひいさまと呼ばれる娘は昌幸がまがりなりにも年長者だからか、丁寧な言葉遣いでそう述べた。昌幸も釣られて頭を下げる。

「室井昌幸です。このたびはご足労をおかけしまして」

昌幸は自分の年齢が上であっても、雪女がかしこまっている相手にぞんざいな態度をいきなりは取れず、不信感はあるもののあらたまった言葉を使った。

岩永という姓を名乗った娘はベレー帽をかぶり直し、狸の一匹がどこからか転がしてきた大きな石を昌幸に指して座るよう促しながら微笑む。

「別にあなたの家を訪ねても良かったのですが、私のように目立つ者が訪れては、後で周りの噂になってご迷惑でしょう。ここは少し冷えますが、化け狸達や人魂が灯火で照らしてくれますので、しばらく話すには問題ないかと」

両足で立ったおひいさまはやはり小さかった。どうにか昌幸の胸くらいの背丈か。片眼をえぐられ、片足を切断されたというから、義眼と義足をつけているのだろう。ステッキを手にしているのはそのせいに違いない。どちらが人工物かは見分けがつかなかった。

昌幸は懐中電灯を置き、促されるままに石へと腰を下ろした。おひいさまがかくも小さな娘で、対面すればいっそう得体が知れない存在とは、最初から圧倒された気分だったが、それを落ち着けるべく彼女に尋ねる。

「おひとりで来られたのですか？　恋人がおられると聞きましたが、その方は？」

夜の山中である。どうやら岩永につき従う化け物もいはするが、この小さい娘をひとりで来させるのはそぐわないだろう。化け物からも恐れられる恋人は護衛もかねてついてきそうなものだが。

すると岩に座り直してトンカツ弁当を手にしていた岩永は途端に機嫌を損ねた顔をした。

「そりゃあ当然一緒に来るよう誘いはしたんですが、工事現場のバイトがあるからと断りやがりまして」

「アルバイトですか」

全体としては浮世離れ、人間離れした状況なのに、要所要所でそれが帳消しにされる。

岩永はカツを口へと運び、憤懣やるかたないと続けた。

「可愛い恋人より深夜のトンネル工事を優先するとは、大学院生ですし、お金がいるのもわかりますが、それくらい私が出すと言っても聞きませんし」

「大学院生なんですか」

化け物以上の化け物が苦学生とは、世の中は理解しがたい。昌幸はいっそう落ち着かない気分になり、岩永は割り箸を振るう。

「そうです。就職先も世話するというのに、まだ大学にいるんですよ。今年度はさすがに修了する気でいるみたいですが」

山奥で会ってはいるが、このおひいさまも恋人も、人間界で普通に暮らしているらしい。安っぽい素材の器に収められたトンカツ弁当を食べている時点で、神秘はかなり割り引かれてはいる。

岩永の愚痴は続いていた。

「おかげで私は手近なコンビニで弁当と飲み物を買い、化け物達にこの山奥へひとり送ってもらったわけです。以前は手作り弁当や温かい豚汁を持たせてくれたこともあったのに、なぜあの男は冷えたトンカツを食べるような目に私を遭わせるのか」

「それはこんな所ではカツも冷めますね」

なぜ周囲を闇に包まれ、人魂の舞う山中で女子の不平不満を聞かされているのだろう。雪女もそうだが、怪異に関わるものは食にこだわりがあるのだろうか。そう昌幸がいっそう現実感を失いかけた時、岩永はにこりと笑い直した。

「失礼、脱線しました。そちらの事情や事件のあらましはひと通り確認してありますが、あなたの口からも聞かせてもらえますか？　あなたの人となりを把握するためにも」

そう告げた声は鋭利で、虚偽は許さないといった戒めにも聞こえた。やはりこの娘はおひいさまと呼ばれるだけあって、まともな理では測れない存在だった。

昌幸はわずかににじんだ汗を拭い、姿勢を正して求められたことを語り出した。


経営者として成功した経験もあって人前で話すのには慣れていたが、化け物に囲まれ、少女とも姫とも人形とも映る相手に穏やかな心境では語れなかった。それでも要点は全て語り終え、岩永の反応をうかがう。

「また特殊な状況になりましたね。雪女が証人であるがゆえに容疑が強まるとは、人間があやかしと不用意に関われば常に不測の危険があるという見本かもしれません」

岩永は文字通り他人事の調子で深刻さもなくそう言った。地面に正座をして岩永に対している雪女が言葉を挟む。

「かようにこの男は潔白なのに、私のせいで難儀な立場になっております。顔にこそ険はありますが、悪い人間ではございません。どうかお力添えを」

「お前のせいじゃあない。そうでしょう、室井さん？」

かしこまる雪女に優しく声をかけ、岩永は昌幸に同意を求めた。

「私の不徳です。彼女に非はありませんよ」

昌幸は肯く。雪女と関わるのを求めた自身が招いた結果に過ぎないのだ。

岩永は満足そうにトンカツ弁当の付け合わせの漬け物を食べ、昌幸を値踏みするごとく見る。

「とはいえ、あまりにうまく状況ができているのは愉快じゃあありませんね。雪女が証人のアリバイや、殺された元奥さんと間違われる形で残る防犯カメラの映像。そのため窮地に立たされるとは、芝居がかった設定にも思われます。いや、そもそも人間が恐れるべき妖怪と親密にあろうとする行為自体、不自然じゃあないですか。ならそこに何らかの必然性、大きな利点があると疑ってかかりたくもなりませんか？」

妙な点に疑いをかけるものだ、と昌幸は眉を寄せたが、おとなしく耳を傾けた。

「本当にあなたのアリバイは、妖怪の存在を肯定しても信頼できるものなのか。妖怪と人とは寿命も違えば時間感覚も違います。カレンダーなどまず使いませんし、人間のように今日が何日だとか正確に把握しているとは限りません。陰暦で動いているものもいたりしますし、閏年とか気にしませんし」

岩永は戸惑いを浮かべている雪女へ問うた。

「さて、雪女。今日は何月何日か正確に答えられるか？」

「その、十月の初めかとは」

心許なさそうに言う雪女を、岩永は昌幸に目で示す。

あれから何日過ぎた、あれは何日くらい前、といった把握はできていたと思うが、妖怪が人間のカレンダーでその日その日を規定しているとする方がずれているのかもしれない。人間の暦など知らないと雪女が言っていた覚えも昌幸にはある。

昌幸は岩永が妖怪の存在を認めながらあくまで物事を論理的に捉える知性は見直した。確かに雪女はアリバイの証人として弱い。だがそこを問題にする意味がわからない。

「室井さんが事件のあった十二日は何日前のあの時だ、と言えば、雪女は、ああその日か、と勝手に思い込むでしょう。それが本当は十一日や十三日であっても正確な区別がつかない。また室井さんが積極的に日時を誤認させようとすれば、手もなく騙されるでしょう。つまり元奥さんの美春さんを十二日に殺すことは可能だった。あなたのアリバイは雪女を証人と認めても成立しません」

岩永が重箱の隅をつつく真似をしている感はあったが、昌幸はさらなる追及にも黙ったままでいた。

「防犯カメラの映像も前もって美春さんの行動パターンを調べ、それが撮影される頃に美春さんがどこにいたか特定できない時間帯に雪女と一緒にいるのが撮影されるよう調整するのも可能です。偶然映っていたとは言い切れないでしょう」

岩永は昌幸から目を逸らさず、割り箸を置いてペットボトルのお茶を取り、蓋を回す。

「あなたの特殊なアリバイや映像に、作為がないと言い切れますか？」

昌幸はこの知恵の神はやはりあてにならないな、と暗澹となりつつ、自明で根本的な問題を指摘するため口調も丁寧なものから普通のものに切り替えた。

「そんな作為に何の意味がある？　まるで俺がアリバイを偽装し、美春と会っていたと思わせる映像をわざと残していたみたいに言うが、警察に提示できないアリバイやよく似た人物の存在は、俺を不利にしこそすれ、得るものはまるでない。このままでは俺は警察に捕まるし、潔白を証明する方法もない」

するとと岩永は平然と返してきた。

「得るものはありますよ。雪女のあなたへの絶対的な信頼です」

昌幸はその声に背中へ氷柱でも差し込まれた感覚を受けたが、言葉の意味はとっさに理解できなかった。

岩永は容赦ない調子で続ける。

「雪女があなたのアリバイを信じ、防犯カメラ映像で不利になっているとも思えば、その潔白を疑うことはないでしょう。人の世では役に立たないアリバイや証人ゆえにそんなものを偽装するはずがない、よって雪女には揺るぎない真実となります」

昌幸はその説明に、そんな発想があるのかと目を見開いてしまった。この娘はなんてことを考えるのか。

「あなたが真犯人であっても、雪女は潔白と信じるゆえにどんな手を使っても助けよう、あなたのためになろうと思い詰めるでしょう。また自分のせいで不利になっているという意識があれば、その罪悪感からも完全な味方になります」

反論しようとする昌幸に隙を与えず、岩永は矢継ぎ早に語る。

「あなたの人生には報復に値する相手が何人もいますね。あなたを殺そうとした友人、元奥さん、そしてあなたを裏切って会社を奪った仲間達。先の二人は死にましたが、後はまだでしょう。その仲間がどれだけいるか調べはついていませんが、あなたを解任して権利を取り上げたのですから、二、三人ではないでしょう。全員を無事殺し終えるのはなかなか大変ですね。一年にひとり殺しても、警察の目は厳しくなるでしょう」

蓋を開けたペットボトルに口をつけようともせず、岩永は攻勢をやめない。

「けれど雪女を味方につけられればどうでしょう？　美春さんの事件で捕まったあなたに

『かつての仲間が俺に経営の不正を追及されるのを恐れ、罠にはめたのがわかった。証拠はつかめなかったが、そいつらが犯人だ。俺はもう無実を証明できないし、不正も追及できないが、どうか俺の代わりにそいつらに復讐してくれ』、そう切実に頼まれればあなたの潔白を信じる雪女は、その通りにやるでしょう。人の法や倫理の外にあるのが妖怪です。あなたを信じるゆえにその者達を凍え死なせるでしょう」

かちかちという音がするな、と昌幸がその方に注意を向けると、雪女が震えて歯を鳴らしていた。おひいさまの提示する仮説に慄然(りつぜん)としているのか。

「雪女なら密かに拘置所のあなたを訪れることもできますし、誰にも見つからずそれらの人を殺すのも可能です。人物のリストを前もって作り、家に置いておけばそれをもとに雪女は動けます。あなたは自分への疑いを晴らすため、ひとりで真犯人を探そうとされた。その行動の過程でリストや真実をつかんだという説明も行えます」

岩永は悠然とペットボトルを昌幸にかざした。

「警察に捕まっている時にかつての仲間が連続で変死してもあなたは疑われない。安全圏から復讐を成せます。その最終目的のためにあなたは美春さんを計画的に殺しながらわざと警察に疑われる状況を作り、雪女を利用しようとした。違いますか?」

それからようやくお茶を飲み、昌幸に返答を求める。

どこから反論したものか。最初からこの知恵の神には期待していなかったが、ここまで虚構を組み立てまがりなりにも筋を通らせる能力は評価すべきか。あるいは人間である昌幸が妖怪の雪女と近しい関係になるのを危険視し、嘘をついてまで引き離そうというのか。この仮説を信じれば雪女は昌幸から離れるだろうし、それどころか激怒して凍死させるだろう。

疲労を覚えながら昌幸は立ち上がって岩永を見る。この山中の囲みからひとりで立ち去るのは不可能だろうが、おとなしく従わないと態度で表明はしておきたかった。

「薄氷を踏む無謀な計画だ。それに復讐を成しても美春を殺した罪で裁かれ、有罪となったら意味がないだろう」

「雪女という妖怪が味方にいるんですよ？　復讐を終えた後、助かる方法を考えたと言って雪女に新たな行動をさせればいい。ショッピングモールに雪女ひとりで行かせて防犯カメラに映り込ませ、雇った弁護士にその映像を調べるよう頼む。美春さんが亡くなった後もよく似た女性がそこを訪れていると証明できれば、警察が容疑をかけた根拠は崩れます。有力そうな証拠を検察が握っても雪女なら裁判前に盗み出し、隠したりもできます。無罪や不起訴に持ち込むのも難しくはありません」

岩永はカードの城でも薙ぎ払うごとく、蓋を閉めたペットボトルを振りながら反論を一蹴した。そしてステッキを手に取り、その先端を昌幸に突きつける。

「妖怪と合意の上でちょっとした取引をするくらいなら目をつぶりますが、かくも身勝手に妖怪をあやつり、私欲をほしいままにするのは看過できません。人の理も妖怪の理も壊しかねない所業です」

殺気さえあった。小さな娘なのに、昌幸はこの岩永に対し何においても勝てるイメージが湧かなかった。体格差からして近づいて殴り倒すのも容易であろうはずなのに、それをやろうとした瞬間に命を奪われているのでは、という予感があった。どうも自分は、密かに始末されるためにここへ連れてこられたらしい。

そう昌幸が額に汗を浮かべた時、雪女が声を上げてまた深く、岩永に頭を下げていた。

「おひいさま！　お言葉ですが、この男にそんな邪悪な企みは思いつけもしません。確かに、確かに私はこの男の潔白を信じておりますし、警察に捕まれば助けるため、人を殺すのもためらわないでしょう」

雪女は地に額をこすりつける姿勢でなお言い募る。

「されどおひいさまのお知恵、ご慧眼を疑うわけではありませんが、この男は顔に険はあれど、心根は優しく、人を憎むなどできない気質でございます。でなくて何度も裏切られ、傷ついて人を信じられなくなったりしましょうか。どうかご再考のほどを！」

ここまで雪女が自分をかばうとは、昌幸は申し訳なくもあり、岩永に気圧されて立ち上がったまま動けなかったおのれの不甲斐なさを恥じるばかりだったが、ともかく雪女にいつまでも頭を下げさせておくわけにはいかない。

雪女を抱き起こそうと屈み、岩永に何か思い知らせてやれないかと拳を固めかけたが、そのおひいさまは昌幸など眼中にないようにトンカツ弁当を食べるのに戻りながら、ひれ伏す雪女にころころ笑って言った。

「わかってるわかってる。今の仮説はまるきり嘘だから。室井さんが犯人でないのは承知しているので」

昌幸は拳を固めかけたまま、あまりに緊張感のない岩永の言葉につい間の抜けた声を出してしまった。

「何だって?」

頭を上げた雪女も混乱の表情をしている。岩永は昌幸に憐れむごとき視線を向けた。

「私の仮説にはいくつも問題がありますが、まあ、あなたが雪女の信頼を得ようとするなら、とっくの昔に彼女と子作りに励んでいるでしょう。その関係になった方がより確実に味方に引き込めますから」

品性を疑いたくなる論拠だが、一面の真理かもしれない。少なくとも昌幸はその反証に頭痛に襲われながらも、いかにもそうだと納得してしまった。

岩永はなお昌幸をからかうようにしてくる。

「いやもう、雪女から何度も誘われているのに断っているそうですから、どんな臆病者かとあきれてましたよ。そんな人に私が話した計画は立案も実行もできないでしょう。だから私の仮説はまるで成り立ちません」

　自分で立てた仮説をあっさり反故にし、またトンカツが冷たいとぶつぶつ言っている岩永の前に昌幸はしばし突っ立っていたが、ここは怒るべきではないかとようやく気づいて声を上げた。

「ならどうしてそんな嘘を並べ立てた？　からかうにしても悪質過ぎるだろう！」

　雪女は怯え震えていたのだ。しかし岩永は鋭利に光る目で昌幸を制した。

「あなたに教えるためですよ。その雪女はあなたをかばうため、神とする私につたなくも反論を試みました。それにどれほどの勇気がいったか。あなたのために神にさえ逆らったのですよ？」

　昌幸の喉が締まる。この小さな娘に怒鳴ったのが筋違いという後悔に襲われた。

「妖怪とはいえあなたを信じ、真心を尽くすものがある。あなたは深く傷つき、人を信じるのを恐れられているかもしれませんが、それほどの存在があるのです。いい加減、再起されるべきかと。少なくとも人生を無駄にする選択はされるべきではないでしょう」

　地面に座り込んでいる雪女を見ると、白い肌を紅潮させてそっぽを向いた。この時ほど昌幸は自分は何をやっているのだ、とおのれへの怒りにかられたことはない。

　確かに傷つき、疲れてこの山裾に逃げてきた。雪女に再会し、安らぎも得た。だがどこか後ろめたくはあった。

格好をつけてはいたが、ひたすらまた人と関わるのが怖く、引きこもっているしかできないと自覚していたからだ。臆病で、勇気がふるえなかったのだ。

「あなたがどうなろうと知りませんが、知恵の神として、雪女の頼みをかなえないわけにはいきません。単に事件を解決するだけではあなたを助けたことにはならないでしょう」

岩永の冷ややかだが、お節介な説明に昌幸は返す言葉もなく、また石の上に座り込んだ。

「すまない、その通りだ。手間をかけさせた」

忸怩たる思いを抱えながら、昌幸は岩永に問う。

「それで美春が殺された事件はどうなんだ？　そちらの真犯人が捕まらないと、やっぱり俺は危機的状況なんだが」

嘘の推理を並べられただけで、肝心の事件については何も解明されていない。これで昌幸が逮捕されては雪女は罪悪感を背負うだろうし、再起も遠のく。

だが岩永は役目の大半は終えたといった気楽な調子で米をかきこんでいた。

「真犯人はわかっています。別に急ぐ問題でもありませんが、そちらの解決も一応語るとしましょうか」

腹ごしらえの合間に片付く些事といったその風情は、昌幸の心にここに来て何度目かの不安を去来させるのだった。

トンカツ弁当をすっかり平らげた岩永は、ようやく事件の真相について語り始めた。

「結論から言えば、すでに室井さんは危機的状況を脱しています。私が手を出さずとも逮捕される可能性は低い。警察の追及はすでに弱くなっているのでは？」

「ずっと尾行や張り込みをされている気はするが」

岩永の見立ては楽観的過ぎると昌幸は正したが、意に介されない。

「被害妄想ですよ。警察も嫌疑の薄い相手に人手を割くほど暇ではありません」

もっと穏当な表現はないのか、と文句はあるが、強くは否定できない。

「ならどうして急にそう弱まったんだ？」

昌幸はあれからじっとしていただけであり、捜査方針が変わるほどの情報が加わった様子もないのだ。

岩永はその解に既存の情報を挙げる。

「被害者である美春さんから金品や鍵類、身分証や携帯電話が持ち去られず、着衣の乱れもなく、自宅マンションにも侵入された形跡がなかったからですよ」

それは昌幸も刑事から聞いており、インターネット上の記事でも同様の情報は見られた。それのどこが根拠になるのか。

岩永はまだ腑に落ちていない昌幸に続ける。

「美春さんは殺害現場である河川敷に犯人に連れてこられた、もしくはそこに誘い出されたと思われます。さらに犯人に襲われても抵抗した形跡があり、手の平にあなたの名前らしきものを書く時間さえあったとまでされています。なら犯人と会い、いくらか遣り取りを行う時間は当然あったでしょう」

「そうだな」

「だとすると犯人が室井さんなら、美春さんは『私に何かあればあなたが犯人だという告発文が警察に渡るようにしてある、私を殺せばあなたは必ず捕まる』と言わないでしょうか。だから私を殺しても無駄だ、何もしないで帰れば今日のことは黙っている、と交渉を持ちかけるのではないですか」

あ、と昌幸は口を開けてしまった。雪女はまだ理解が及んでいないようだが、これは大きな論点になる。

岩永は人魂に照らされながら言う。

「告発文は死後、犯人へやり返す武器にもなりますが、その前に殺されないよう身を守る盾になります。むしろこれが一番有効な使い方です。美春さんもあなたに殺される危機感から告発文を用意していたなら、自分が殺された後より、殺される前の防御の道具としてそれを利用しようとしていたはずです」

もっと早くに昌幸も気づいておくべき点だった。

「その交渉次第では美春さんは殺されずに済みます。告発文があるのを主張しないわけがありません。そしてあなたがその上でなお美春さんを殺したなら、告発文に何らかの対処をしなければと考えるはずです」

「そうだな。それがはったりの可能性があっても、何か対策を取るだろう」

無策にその場を離れるわけがない。岩永はその例を挙げていく。

「まず告発文を回収できないか、美春さんの自宅を荒らすのを考えるでしょう。鍵は被害者が身につけていましたし、現場から遠くもありません。ただマンションや周囲の防犯カメラに姿が残ったり、自宅以外に隠していれば余計な行動で自身の痕跡をばらまきかねない。回収はあきらめるかもしれません」

リスクはあるが、無駄に探すよりはとあきらめるのはある。だが他に打つ手はある。

「ならば犯行動機が怨恨と限られないよう、被害者の金品を持ち去って強盗目的に偽装する、性犯罪に見える工作を行ったりするでしょう。他にも死体が発見されないようどこかに隠す、身許（みもと）がすぐにはわからないよう指紋や顔を潰して身分証や携帯電話を持ち去る、そういった行動を最低限取るはずです。しかしそれらの形跡はなく、怨恨という動機が早い段階で浮かび上がる状態になっていました」

どうして自分で気づかなかったのか、と室井は頭を押さえた。

「室井さんが告発文の存在を知らず、一年以上前に離婚した自分の犯行と疑われるわけがない、と考えていればまだしも、室井さんが犯人ならまずありえない状態です。そして警察の聴取においてあなたはアリバイを問われてもすぐには答えられず、美春さんに似た女性とショッピングモールで一緒の映像を防犯カメラにはっきり残し、それについての説明もぼやかす。なんと怪しいのか」

岩永はあきれたような微笑みで続ける。

「けれどあなたが美春さんから告発文の存在を示されていれば警察の捜査がじき及ぶと予測されるのに、準備もなく、容疑を深める対応しかしないとは考えにくい。そうでなくともあなたが犯人ならもとから計画性の高い犯行のはずなのに、ここまでずさんな行動を取るのはおかしいでしょう」

「警察が来たのは事件から二週間近く経ってから。俺が犯人なら十分な対応方法を練り、万全の態勢で迎え入れたろうな」

なのにおかしな行動ばかり取っていることになるのだ。

「当初は警察もあなたを最有力容疑者にしていましたが、遅まきながらこの矛盾に気づき、慎重な姿勢に変わりました。完全に容疑が晴れたわけではありませんが、今は他に動機のある者を探すのに注力しています。皮肉な話ですが、雪女について語れないあなたの怪しい対応が、危機をまぬがれさせたとも言えるんです」

岩永は意地の悪い笑みを浮かべる。

「もし雪女と関係がなければ防犯カメラの映像もなく、聴取でも、この家にいただけだアリバイなんかない、とはっきりすぐに答えられたでしょう。ないアリバイは崩せませんし、町で人付き合いのないあなたの手掛かりはろくに出ない。警察の捜査は難しく、そのことが容疑を深める要因ともなったでしょう」

日がな一日家にこもっており、周辺に民家もない人物となれば聞き込みすらままならない。疑わしくとも手のつけにくい容疑者になっていた。

「俺はそうやって守りを固めていると警察は判断し、容疑をいっそう強めていたか」

「はい。そちらの方が危なかったですね。もうひとつ皮肉な話をすれば、先程私が突きつけた仮説では、室井さんは犯人として警察に捕まるのが狙いになっていました。まさかの事態ではありますが、警察が雪女の存在を推理の要素に入れるようなことが起こっていれば、あなたが不利な現場をそのままに怪しい行動を取る合理的理由が発生し、その容疑は薄まらず、むしろ濃くなります」

ここでまた、岩永の嘘の仮説が奇妙な意味を持ったわけだ。

その意味に唖然(あぜん)としている昌幸に岩永はしみじみと言ってみせる。

「警察が雪女という真実を認めないゆえに、やはりあなたは助かったんですよ」

全く皮肉な話だった。雪女が証人として認められない、表に出せないから窮地に立たされたと気を張り詰めていたのに、事実は全く正反対で、それゆえに昌幸は知らない間に窮地を脱していたのだ。

そこまでは納得できたが、まだ昌幸に不利な証拠はあった。我に返ってそこを尋ねる。

「ならあの手の平の『マサユ』という文字はどう解釈する？　あれは俺の名を示したと見るのが妥当だ。警察も無視はできないだろう？」

岩永は左手を広げ、右手で指さした。

「被害者は犯人が誰かを十分認識できる状況で殺されたと見られます。そしてあなたが犯人でないなら、あれは真犯人があなたを犯人に仕立てるため、殺害後に死体の手の平に書いたと解釈するのが妥当ですよ。犯人がそういう手掛かりを偽造するのもよくあるパターンです」

昌幸をスケープゴートにしようという動機はあろう。だがそうなると引っ掛かる点もあった。

「その推定は無理がないか？　俺が美春を殺す動機は表向きはない。俺が彼女に殺されかけていたと知っていれば、学生時代の殺人未遂の件と重なってまだ強い怨恨の線もつながるが、美春はそれを誰かに話すはずがない。話せば社会的な弱味になって脅されかねないんだ。そんな俺を犯人に仕立てられると誰が考える？」

この娘ならこれくらいの反論は予想済みで、返してくる刀は厳しいだろうと予期はしたが、岩永は厳しいというより、気の毒な人に対する声を返してきた。

「世の中には、自分を裏切って他の男と関係した、という理由だけで奥さんや恋人を殺す人もけっこういるんですよ。歪んだ独占欲とかプライドを傷つけられたとか、根に持って陰湿に。私も恋人が浮気したら殺してやりたくなりますよ。まあ、私の恋人は殺しても死なないんですが」

リアリティのない情報が付け加えられているが、そう言われれば浮気を理由に殺人に発展した事件を聞かないでもない。それが動機になるという認識に一般性はあるのだ。言い訳をすれば、昌幸は美春の浮気については自身にも非があると認めているので、そこで恨むという発想にとても至らなかったのだ。

「かつてあなたを裏切った友人が何年も後に死んでいる事実とつなげれば、単純にあなたは裏切りを許さない、執念深い人というイメージにもなる。会社のかつての仲間もあなたの報復を陰で恐れ、同様のイメージを広めているかもしれません。美春さんによる殺人未遂の件を知らずとも、そういう周辺事情を知っていればあなたには動機があると見る人間もいるでしょう」

昌幸としては心外であったが、もしかするとこうして引きこもって社会的に沈黙しているのも報復の準備をしていると不気味がられているのかもしれない。

岩永は真相に至る塔を昌幸の目の前で着々と組み上げていく。

「だから犯人は殺害した美春さんの手の平に『マサユ』とあなたの名の一部を書き込み、容疑がかかるよう狙った。告発文の存在を知らなくともそれだけであなたは容疑者になりますし、警察の聞き込みの際、美春さんは浮気の件を恨まれいつかあなたに殺されるのではと危惧していた、周囲からあの人は執念深いと言われていて、といった話を意図的に出しても同じ効果が得られます。告発文のおかげでより強くあなたに容疑が向いただけで」

狸が提灯を掲げ、人魂が浮かんでいる夜の山中で、殺人事件の推理が行われている。その状況が異様であっても、真実に近づいているのを昌幸は受け入れざるをえなかった。

「そしてあなたが犯人と警察に思わせるためには事件当時、あなたにアリバイがあってはならない。あれば即座に容疑が消えますから。犯人はあらかじめあなたをアリバイがない状態に誘導するか、証人がいない状態なのを確かめておこうとするでしょう。そしてそれができた、やっていた人物が真犯人です」

このまま岩永に話させてはいけないのでは。昌幸は腹にそう重いものを感じたが、このおひいさまは止められてもやめはしないだろう。

「あなたが田舎に引きこもり、人間不信でほとんどの付き合いを断っているのを知り、事件当夜もそこでひとりでいるかどうか、確認できた人はいませんか？　普通に暮らしていれば複数の候補がいそうですが、室井さんの場合、かなり限られるのでは？」

その通り、かなり限られる。ひしりだけしかいない。あの夜、天ぷらを食べつつビールを手にする雪女ともその話をしていた。

「まさか、飯塚かっ！」

「はい、飯塚渚、彼女が真犯人です」

岩永はフルネームを挙げて断言する。

昌幸が社長だった時、有能な部下として重宝していたひとりで、現在二十九歳だったはずだ。一応昌幸の支持派であったので社の合併後は冷遇されそうではあったが、一方で昌幸が手がけていた仕事をきちんと引き継いで回せるのは支持派の者が大半であり、その仕事の多くが重要なので下手な処遇もできないとむしろ社に残るよう求められていた。その算段があったから、昌幸は抵抗する意味もないと無為に田舎で引きこもれた。

昌幸は信じがたいものの、否定する材料もなかった。

「あの夜、七時頃だ。雪女が来たんで天ぷらを揚げる用意をしていた時、電話があった。業務の質問があって、今どこでどうしているか訊かれ、家でひとりでいる、酒を飲みながら朝まで読書でもするつもりだ、と答えた覚えがある。雪女と天ぷらを食べると本当のことを言えるわけがない。飯塚は、俺が新しい仕事を始めるのを待っているといつものように言って電話を切った」

「そうやって犯行時間にあなたのアリバイが立たないのを確かめた後、殺人を実行に移したのでしょう」

岩永は動かぬ事実とばかり肯いてみせる。

美春の死亡推定時刻は午後八時から午後十時。電話で昌幸にアリバイが生じそうな行動の気配があれば実行の取り止めもできるタイミングだ。

「警察も今は誰かがあなたに罪を着せようとした線を追っていますよ。それができそうな者はあなた当人に確認すれば早いですが、まだ容疑を完全に外したわけでもありません、余計な情報を与えないよう、携帯電話の通話記録など、隠して捜査しているのでしょう」

その気になれば昌幸も同じ推理ができた相手だった。しかし昌幸に意図的に容疑をかけさせる狙いがありえるという発想が持てなかった。それが成り立つ構図を昌幸に見えさせない状況だった。

「だがどうして飯塚が？　美春とは数度しか会っていないはずだ。最近もあいつから何度か電話があって、別れた奥さんが殺されたのを最近警察が聞き込みに来て知ったとか、それで何か困っていないか、今度そちらにうかがっていいかとか話していたんだ。俺に罪を着せるなんて、どうしてそんな真似を」

「さて、そこは警察の捜査を待ちましょうか。室井さんが一連の推理を警察に伝えれば逮捕も早まるかもしれません。彼女には、あなたのその夜の動向を知りえた人間は自分しかいない、という意識はなさそうです。あなたが雪女との関係で満足し、そこまで一般社会から孤立しているとは思っていなかったんじゃあないでしょうか。だから油断も大きく、案外逮捕は早いかもしれません」

さすがの岩永も動機までは不明なのか、過大な要求はご遠慮をとばかり肩をすくめた。

ならまだ飯塚渚が犯人ではない可能性もあるのでは、と考えたが、虚しさも同時に押し寄せてくる。飯塚渚が昌幸から聞き出したその夜の予定を他の者にも話しており、それを聞いた誰かが真犯人、という可能性はあるが、計画殺人の決行に際し、人伝の不確かな情報で動くだろうか。昌幸に直接確認を取ろうとするはずだ。

昌幸は飯塚渚を信じていたわけでもないし、電話での近況確認もこちらへの気遣いが感じられなくもなかったが社交辞令と受け取っていた。感情的な摩擦がどこかに生じたのか。昌幸を罠にかけようとは、いったいどんな恨みがあったのか。

埒もなく頭を巡らせていると、雪女が昌幸のそばに寄り、太ももの上に手を置いたのがわかった。

「気をしっかり持て。おぬしが悪いわけではないのだ」

昌幸は雪女のその手を取り、大きく息を吐いて小さく笑ってみせた。

「わかっている。折れたりしないさ。たとえ俺が悪くとも」

雪女の手は白く冷たく細い。けれど昌幸には分に過ぎるほどの手だ。

全てを受け入れよう。自分の行いの結果なのだから。また昌幸が間違っていないと信じるものがいるのだから、その上で進まなくてはいけない。

それからステッキで呑気に肩を叩いたりしている岩永に、本来なら重々に感謝を込めるべきなのだろうが、つい幾分かのあてつけを込めて述べる。

「この真相に俺が耐えられるよう、あの嘘の推理を最初に語ってみせたのか？　あれがなければ、俺はいっそうこの世を信じられなくなってしまうかもしれないと」

「私は知恵の神ですから。深慮を欠かさないものです」

謙遜するでもなく、かといって崇めたてまつれと誇示するわけでもなく、岩永はこれで役目を果たしたとばかり関心なさそうに答える。

あの徹底的に間違っていた仮説で昌幸は自分の置かれた立場をまざまざと理解し、心構えも変わった。あれがなければこの真相を頭から否定して逃げたか、受容してもいっそう外とのつながりを拒絶したか、良い方には転がらなかったろう。腹立たしくもあるが、岩永はそれを見越していたに違いない。

雪女もあらためて岩永の差配の見事さに心打たれてか、手を握り合わせて崇敬の念を露わにしていた。昌幸も同じくらいすべきなのかもしれないが、やはりそこまで率直にはなれない。岩永への怪しみが消えないからかもしれない。

それでも昌幸は軽んじていた娘に驚異と疑念を覚えつつ問う。

「しかしよく警察の捜査状況まで読めるな？　知恵の神の洞察力とはどうなっている？」

「警察署内に入っても見つからない幽霊や妖怪に捜査状況を盗み聞きしてもらっただけで

すよ。だから早々にあなたへの容疑が薄くなっているのも知ったんです」

　あんまりな答えだった。洞察力も何もあったものではない。

「そんな方法、ありなのか？」

「その方が手っ取り早いでしょう」

　推理よりは事実を目や足で確認するのが間違いもないだろうが、卑怯ではないか。

　やはりこの知恵の神様は品性や徳性に問題があるのでは、とここまで世話になっていても敬愛の情がどんどん減っていく昌幸だった。

　岩永はさらに笑って言う。

「ちなみに人気のない水辺には幽霊や妖怪が集まりやすかったりします。現場の河川敷にも複数の幽霊がいましてね、犯行も目撃していましたよ」

　昌幸は開いた口が塞がらなかった。

「その目撃証言から犯人の顔や特徴、性別はわかっており、あなたが犯人でないのは明白です。さらに手の平に文字を書く工作も目撃されていますから、あなたに関われる人物を絞り込み、犯行を目撃した幽霊に飯塚渚を確認させました」

「じゃあ推理とか以前に、犯人がわかっていたのか！」

「だから真犯人はわかっていると言いましたよ」

　何を今さら、とばかりに岩永はまばたきしてみせた。やはりこのおひいさまは怪しかった。別の意味で不信感の募る存在ではあるが、昌幸にどうこうできる存在ではないと骨身にしみて理解はできた。

岩永は地面に足を下ろし、ステッキを振って昌幸達を送り出すように告げる。

「これからどうされるかに口出しはしません。事件はもとより、雪女との関係も。人間と妖怪には違いがあり、いつまでもうまくはいきません。それでも蜜月の時はあります。そして短くとも蜜月は他の何物にも代え難いでしょう。どうぞお幸せに」

昌幸とて雪女との関係が永久に続けられるとは思っていない。住む場所も価値観も寿命も違う。人目につくのにも障害が起こる。それでも今少し、この時を持っていたかった。

岩永はそして昌幸へ厳かに申し渡してくる。

「ただし避妊にはご留意を。昔と違ってこの現代、人と妖怪との子は苦労しそうですから。小泉八雲の物語では十人も子どもを作っていて」

「やっぱりそれを言うのか」

昌幸はどっと疲労感に襲われつつも顔を赤らめてしまった。

岩永琴子は、雪女が白い着物をなびかせ、室井昌幸を抱えて夜空に飛んでいくのを黒い木々の隙間からステッキをついて見上げていたが、二人の姿はすぐ視界から消えていった。

「また手間がかかる事件だった。犯人を指摘するだけなら簡単だったものを」

雪女からの頼み事を解決した岩永はついうんざりと肩を下げて口にした後、辺りを明るくするために集めた人魂や化け狸にねぎらいの手を振る。

そこに暗い茂みの間からがさがさと音を立て、桜川九郎が現れた。化け狸達がその姿に怯えたのかうろたえて距離を取ろうとしている。九郎は片方の手に開いたノートパソコンを持ち、何か作業をしていた様子だった。

「終わったようだな」

そう空の方を向いて言った九郎に、岩永は片手を上げた。

「せっかくついてきてくれたのに、隠れてもらっていてすみません。妖怪はただでさえ私に逆らいづらいのに、恐ろしく見える九郎先輩まで私の隣にいるといっそうあの雪女は萎縮して声すら出せなくなりそうでしたので」

岩永の目論見では雪女が昌幸をかばうのが必須だったのである。そこに妖怪や化け物にはおぞましく映る九郎が岩永を守る風にいれば、肝を潰して伏したまま頭を上げる気力も湧かなかったろう。そのため後方に隠れてもらっていたのだ。

九郎は心底面倒くさそうに岩永にノートパソコンを押しつけた。

「別に僕はついてきたくなかったんだがな。それをお前が大学の課題を溜め込んで、移動時間にもやらないと間に合わないから手伝うためについてこざるをえなくてだな。単位の取得もぎりぎりだろう、用が済んだらさっさとレポートを書け。大枠作って資料も揃えてやったから」

疲れている恋人をいたわる素振りもなく、九郎は岩永をその場に座らせてレポートを書かせようとする。妖怪達の相談をこなすのに忙しく、大学の単位取得に支障が出ているのは確かなので正論をぶつけられているのだが、岩永は若干納得がいかない。

ただ手伝ってくれているのは事実なので文句を控え、膝に置いたパソコンで文書を作成していく。

九郎はトンカツ弁当の空き容器やペットボトルをレジ袋にまとめながら、やがてふと気になったのか尋ねてきた。

「それで飯塚渚という真犯人の動機は何だったんだ？　調べてあるんだろう」

岩永はそういえば九郎には教えていなかったので、幽霊やあやかし達への聞き込みや調査で得られた情報から推測した動機を、キーボードを叩きながら語る。

「彼女は室井昌幸さんのことを尊敬し、そして愛しているんですよ。だから元奥さんの美春さんが彼を裏切り、浮気していたのに腹を立てていた。室井さんが社を去る時もついていきたかったのだけれど、室井さんは新たな仕事を始める気もなく、自分に頼るでもなく、今彼に近づいても迷惑なだけと我慢した。そして室井さんは何ヵ月経っても人間不信をこじらせて動かない。彼女はそれらに耐えられず、現状を打開するため殺人に至ったようです」

九郎がまだ腑に落ちていないみたいなので、岩永はパソコンのディスプレイに目を戻して続ける。

「美春さんには出張先で偶然出会ったふりをして、室井さんからあなたの近況を知らないかと尋ねられたんですが復縁を考えられているかもしれませんよ、とか言って生花店から帰るところに声をかけたようです。飯塚渚は共通の知人の話題をきっかけに世間話を広げながら人気のない所に誘導するつもりだったのでしょうが、室井さんに危害を加えられるのを恐れていた美春さんは、元夫のそんな動向は気になります。自宅やカフェなどにまで誘うと勘繰られかねず、自宅を遠回りする格好で詳しくそれについて訊こうと、美春さんの方から人気のない河川敷へ行ったようです。飯塚渚にとっては非常に好都合でした。そして美春さんは殺されたんです」

同性だったので警戒感も薄かったのかもしれない。過去数度顔を合わせただけの相手であり、警戒する要素もなかったろう。

九郎はやはり怪訝（けげん）そうにしていた。

「ならどうして飯塚渚は室井さんに殺人容疑がかかる工作をしたんだ？　彼への執着や愛情が根底にあるなら、美春さんを殺してもそうはしないだろう？」

「そこが歪んでましてね。殺人容疑をかけられいっそう苦しく孤独になった室井さんに彼女だけが寄り添い、信じ、献身する、という状況を作ろうとしたんですよ。退職後も連絡を取り、殺人犯扱いされても彼女が無実を支持し変わらない態度でいれば、室井さんから頼ってきそうじゃあないですか。いずれ愛するようにもなってくれるかもしれません。彼女は美春さんを嫌ってはいましたが、殺害動機はそれが一番ですよ」

弱っている時こそ好機。美春はその状況を作る触媒に最適だったというわけだ。

「ある意味、室井さんに一定の容疑がかかる相手で、飯塚渚本人に容疑がかからない相手なら誰を殺しても良かった、という動機です」

警察の捜査ではたやすく浮かび上がらない動機であり、飯塚渚は容疑者にもまずならない、捜査圏外の人物だった。半年以上前に上司だった男の一年以上前に離婚した元妻を数度しか会ったことのない女性が殺すとは、常識を外れ過ぎる。それゆえに飯塚渚の油断も大きいだろう。警察が本気で捜査をすれば動かぬ証拠もいずれつかめるに違いない。

岩永の説明に九郎が顔をしかめる。

「本当に歪んでるな」

「好きな人に頼ってもらいたい、その助けになりたいという欲望は珍しくありません。それをかなえるのに好きな人をわざと苦しい立場に追いやって自分が手をさしのべる、というのも合理的で確実な手段です。マッチポンプとも言いますが」

古典的な遣り口とも言える。昔のドラマや小説でもあった。ある男が意中の女性の好意を得るため、友人に不良のふりをさせ、その女性にわざと難癖をつけて絡ませる。そこに男が現れてその連中を追い払ってみせる、というやつだ。飯塚渚はその遣り口を発展的にやったに過ぎない。

「それで室井さんが本当に犯人として捕まったら元も子もないんじゃないか？」

「そこは飯塚渚の計算違いだったんでしょう。もともと室井さんが過去の浮気を許さず一年以上後に殺害する、という動機に強引さがあります。手の平の文字も室井さんの名を絶対的に示すとは決定できず、実際の証拠能力は低い。なら室井さんに容疑がかかって厳しい取り調べを受け、身柄が長期間拘束されても、最終的には嫌疑不十分で済むと踏んでいたんじゃあないでしょうか。ところが美春さんによる殺人未遂を明かす告発文が飛び出て、疑惑を深める映像まで出てきた。そのため室井さんの容疑が必要以上に強まってしまい、逮捕も現実的な状況になりました」

「なるほど。だから犯人は事件発覚から二週間以上経っても、さらに室井さんに不利な証拠が出る工作まではしていなかったのか」

整理してみれば、雪女と美春の告発文という二つの計算外が室井昌幸を追い込みながら救ったという事件になるだろう。

「先程室井さんにここまで話すか迷ったんですが、あの人にすればやりきれなくなる動機でしょう。心は折れずとも、しばらく暗い気持ちで何もしたくなくなりそうです。今夜は雪女が彼とさらにねんごろになる絶好の機会なんです、それを邪魔しかねない事実を知らせては、雪女に恨まれかねません」

かつて友人に殺されかけた時の動機とも重なるところがあっていっそうこたえそうだ。その友人は昌幸を殺害し、彼に片想いをしていた女性が悲しんでいるところに近づいて望みをかなえようとしたという。

真相が警察の手で明らかにされるにはまだ時間がかかるだろうし、その頃には昌幸も動揺せずに受け止められるくらいに回復しているだろう。回復していなくてもそこまでは岩永の責任外だ。

九郎が同情混じりな調子で言う。

「あの室井という人は女難の相があるのかもしれないな」

岩永はつい笑ってしまった。九郎の言う通り、最初に友人に殺されかけた時も、その次の殺人未遂も、今回の事件も、全て女性が原因である。

「たちの悪い女性に好かれる運命なんでしょうね。雪女がきわめつきですが」

何しろ妖怪である。雪女は情が深く、器量も良いが、ひとつ間違うと凍死させられかねない。将来、室井昌幸が凍死したという報道を見ても岩永は驚かないだろう。

九郎が笑っている場合ではないとばかり首を振った。

「僕も他人事とは思えないな」

あまりに実感のこもった言い方をしたので岩永はそうだろうかと少し考え、確かにもっともだと肯いてしまう。

「ああ、昔の彼女も従姉(いとこ)の六花(りっか)さんも難のある人ですからねえ」

「いや、お前に一番難があるんだが」

「失敬な。どういう言いがかりですか」

この男はどこにいても恋人への気遣いが不足している。こんな山の中でパソコンのキーボードを叩かせている彼氏の方がよほど難があるだろう。

いつまでも人魂や化け狸に明かりを担当してもらうわけにはいかない。岩永はきりのいいところまでレポートを書けたので、ノートパソコンを閉じた。

第二話　よく考えると怖くないでもない話

「少し休憩を取っておけ。無理してケガしたら損だぞ。それと繰り返しになるが、俺がいなくても何か変なことがあったら遠慮せず逃げていいからな」

　便利屋の轟がそう言い、荷台を廃棄予定の家財道具やゴミでいっぱいにしたトラックの運転席から重そうなレジ袋を石崎へ差し出した。

「わかってますって。でも朝からやってて全然何もないじゃないですか」

　石崎はレジ袋を受け取りながらそう笑って答える。見れば袋の中にはペットボトルのスポーツドリンクが三本入っていた。

　隣にいるひとつ年上の松井は苦笑混じりで返す。

「いわくつきのバイトだってさんざん脅されましたけど、これなら楽勝でしょう」

　轟はその二人にまだ心配げな表情を向けたが、

「俺も大丈夫とは思うが、注意し過ぎってことはないからな」

　と念を押しつつシートベルトを確認するとトラックを発進させた。

秋も深まった頃の午後三時過ぎ、二階建ての一軒家の前だった。屋敷と言うほどではないがそれなりに大きく、築四十年で、今日まで十年以上を人が住まないままにされているらしいからか、全体の色合いや雰囲気からして重く、暗い印象を与えてくる。

それでも石崎はレジ袋を片手に軍手を外しながら裏庭の方へ気楽に向かった。

「しかし轟さん、あんなに迷信深かったんですね。それなりに苦労してるってことかな」

松井は石崎ほど楽観的になれないのか、やや神妙な表情になった。

「この家いろいろ言われてるのは事実だからな」

石崎も知っているし、軽くネットで調べるくらいはしていた。

持ち主が亡くなって相続した親族も前々から取り壊して土地を処分したかったのだが、家の中を整理しようと業者が入るだけで必ず変なことが起きるというのだ。

誰もいない部屋で何かに足をつかまれていきなり引き倒されたとか、突然壁から血みたいなものがにじみ出してきたとか、ドアが不意に閉まってその向こうから奇声らしきものが上がったとか。

だからどうにもできず、長い間そのままになったという。

それを今回、轟が便利屋として中の整理を多額の報酬で請け負った。それで人手がいるからと、大学の後輩である石崎達に声をかけてきたのだ。

「おかげで割のいいバイトになったんですから、喜びましょうよ」

明るく言う石崎に、松井はまだ落ち着かない様子で家を見遣る。

「だけどやっぱり気味悪いだろう。この家、霊とか得体の知れないものが憑いてそうで」

二人とも現在大学生で同じ体育会系のサークルに入っており、轟はそこの八つ上の先輩に当たる。二人とも轟が学生だった頃はまだ入学もしていなかったが、OBとして交流があって時折アルバイトの話を受けるのである。

石崎も全く気にしないわけではないが、正直それほど恐れは湧かない。

「一部じゃ有名な心霊スポットで、結局俺らと、轟さんが他から連れてきたもうひとりしか集まりませんでしたからね。作業量としてはあと最低ひとりはほしかったですよ」

朝の八時半から作業を始め、大きめの家財道具から持ち出してトラックの荷台に積み込んでいき、いっぱいになれば轟がそれらを処分場へ運ぶというのをひたすら繰り返している。人数が少ないのでトラックも一台しか使えず、家財道具の運び出しも効率的とは言えない。轟ももっと人手を集めて早くに終わらせたかったようだ。

「でもあとちょっとで終わり、これまで変なことはひとつも起こってません。所詮いい加減な噂、怪奇現象とかでっち上げだったんですよ」

「まあ、拍子抜けするくらい、普通の空き家だよな」

松井も石崎の軽い調子に当てられてか、まだ恐れのある自身を笑うようにした。石崎はレジ袋の中からペットボトルを一本その松井に渡し、家の中でまだ作業をしていたもうひとりの青年にも冷たいペットボトルを差し出した。

「桜川さんでしたっけ、少し休憩にしましょう。轟さんも無理するなってことですし」

三脚の椅子を二階からまとめて運んで外に下ろした青年は、ひとつ肯いてペットボトルを受け取る。

「ああ、ありがとう」

青年は背が高く、細身であるが、これまで石崎達以上に力仕事をしながら疲れた様子も見せず、軍手を外してペットボトルの蓋を回す。本日のアルバイトのひとりとして紹介された桜川九郎という名の人物で、どうやらこういう作業に慣れているようだ。

三人はそれから日陰となった縁側に座って休憩となった。

石崎は携帯電話をいじりながらふと思いついて九郎に尋ねる。

「桜川さんって大学院生だそうですけど、こんなバイト引き受けるなんて、やっぱり学費とか大変なんですか？」

「おい、石崎」

初対面の相手に立ち入ったことを訊くな、という松井の調子だったが、石崎は気になるとすぐ口に出してしまう性分だった。それに松井にしても簡単な紹介しかされていないこの青年に興味がないわけでもないだろう。

「轟さんに借りのある後輩達も軒並み断ったバイトですよ？　それとも桜川さん、霊とか信じないタイプですか？」

　石崎は動じずそう継いだ。九郎は軽く笑って穏やかに返してくる。

「どうもこれまで、そういうのに避けられてきたようだよ」

「ああ、俺もそういうの感じた経験ないんで、あんまり怖いってならないんですよ。松井さんなんかこのバイトけっこう怯えてましたけど」

　九郎に強がったり気負ったりしている節はない。石崎はそれを素直に感心したが、松井は別の見解があるらしい。

「ちょっとでも噂を耳にしてたら怖がらない方がおかしくないか？　俺も借金がなければ断ってたよ」

「借金返済の督促の方が怪奇現象より怖いですか」

「幽霊と違って確実に存在して首を締めてくるからな」

　松井が実感に満ちた肯きをする。石崎もそこは同意できた。

「俺も幽霊とかより人間の方がよっぽど怖いと思いますよ」

　今となっては笑い話の一種だが、自身の体験談を続ける。

「この前も人数合わせでやむをえず合コンに参加したら彼女がやたらと怒って、次の日、真ん中に包丁を貫通させた俺の携帯電話がテーブルの上に置いてありましたよ」

　最近の携帯電話はかなり薄くなったとはいえ、包丁を貫通させるのは並大抵の念でできるものではない。ひび割れて真っ暗なディスプレイから五センチ以上突き出した刃は冷たく光っていたものだ。あれを見た時は石崎も寿命が縮んだ。

「それは怖いな」

松井もその光景を想像してか、苦笑で同意を示す。

「その前の彼女には浮気を疑われて、カブトムシの足っぽいものが数本載せられたご飯をにっこり笑って出されたりしましたね」

「その足っぽいものが何かとは訊けない空気か」

「訊いて、カブトムシの足よ、って答えられたらどうするんです。こっちも笑って食べないといけない空気なんですよ、いっそう食べづらくなるでしょう。その時はどうにか噛まずに飲み込んでみせましたよ」

そのため本物のカブトムシの足だったかは今になってもわからないが、その後体調を大きくは崩さなかったので、害のあるものではなかったのだろう。石崎も誠実な彼氏と胸を張れないが、背筋の冷える思いをさせられるほど悪くはないはずだった。

松井はペットボトルを口につけ、こちらも苦い過去を話す。

「彼女関係で言えば、俺も以前の彼女にカードを勝手に使われたことがあったな。けっこうな額で、これも返済に苦しんだぞ」

「それも地味に怖い話ですね」

やはり幽霊や怪奇現象より、人間の行いの方が恐れるべきだろう。

石崎はついでなので九郎にも話を振ってみた。

「桜川さんは女性関係で怖い経験ってありません？　案外もてそうですし、今、彼女とかいないんですか？」

九郎は少し考えるようにした後、ごくあっさりと答える。

「今はそうだね、僕の彼女と自称してつきまとってくる子はいるけど」

石崎と松井はその物言いに一瞬誤魔化されそうになったが、その内容はあっさり処理して良いものではないのではないか。

「それ、すでにちょっと怖い話になってません？」

石崎は指摘しながらも、九郎が別段その娘を迷惑そうにはしていないので、照れ隠しで言っているだけかもしれないと察してみる。その彼女が際立った美人や特別な才能の持ち主なら、そういう態度を取る男もいる。

九郎は当たらずとも遠からずなのか、ため息をついてこう続けた。

「彼女は大学生なんだけど全体的に小さいせいかかなり幼く見えて、一緒にいると誤解される時があるんだ。僕が不審者と疑われて通報されたこともあってね」

「それもリアルに怖い話だ」

松井が渋い表情になる。一方で石崎はこれも好意的に捉えた。

「でも逆にそれくらい目を引く可愛い子じゃないんですか？　結局自慢してるだけだったりして？」

九郎はそう言われると眉間に皺を寄せ、こんな評価を口にする。

「きみに可愛いらしく見えたとしても、必ずそれを後悔させられると思うよ？」

解釈の仕方によってはのろけと聞こえなくもないが、これは無理があるか。

九郎は愚痴っぽく付け足す。

「この前も夜中、僕のアパートに帰ったら、勝手に部屋に入って電気もつけず、ロウソク一本机の上に立てて、皿回しをしてるし」

「サラマワシ？」

あまりに文脈に即さず、日常会話では現れにくい単語を耳にしたので石崎はつい変な抑揚で訊き返した。九郎は当然のごとく肯く。

「そう。大道芸とかでやる、細長い棒の先に皿を載せて回すやつ。その時は棒を手に持って回すのではなく、棒を額の上の方に立て、真っ直ぐ前を向いた格好で何を考えているかわからないうつろな目をし、棒の先に載せた高い所にある皿をくるくる回すというやり方をしていて」

ロウソクが一本だけ灯る暗い部屋の中、小さな娘が前を向いたまま額の上の方に長い棒を立て、その先端に載せた皿を回している。うつろな目で。皿はくるくる回っている。

石崎は自宅に入っていきなりその情景に出くわすのを想像しただけで鳥肌が立った。

「それ、本気で怖くないですか？」

九郎に怖がる様子はないが、深刻そうには答える。

「うん、広くもない部屋でロウソクなんて灯したらどんな弾みで火事になるとも限らないし、回してる皿も僕の家ので、落としたら割れてしまいかねない」

「怖いのそこじゃないですって」

石崎は全力で訂正したが、九郎はいまひとつ理解しかねている顔をする。

「でも皿回し自体は古典的な芸だし」

「いや、その状況、絶対ホラーの一場面ですからね？　俺なら自分の部屋でそんなの見たら、絶対悲鳴上げて腰抜かしますって」

石崎は強く主張し、松井も怖々といった面持ちで忠言を口にする。

「嫌がらせにしても度が過ぎてますよ。早々にその子と縁切るべきじゃないですか？」

九郎は肩をすくめ、呑気そうに笑った。

「切ろうと思って切れる縁は、縁じゃないよ」

笑って言うことか、と石崎は不安になったが、九郎はペットボトルの中身を飲み干すと、悩みなどなさそうに家の方を向く。

「二階にけっこう家財道具が残ってるから、先に下に運んでおこう。意外に時間がかかりそうだ」

松井がそもそもいわくのある家で怖い話をするものではなかった、とばかり切り替えるように九郎に合わせる。

「そうですね、この家で日が暮れてからも作業するなんてのはごめんです」

「全くです、俺も別に幽霊とか見たいわけじゃありませんし」

石崎もそういうものに懐疑的ではあるが、自分からそれらがよりいそうな状況に向かうほど好奇心は強くない。

すると九郎が軍手をはめ直しながらこんなことを言った。

「この家で何か起こる心配はないよ」

石崎と松井が振り返ると、九郎は家を見上げ、目を細めた。

「憑いてたものは、とうに逃げたんじゃないかな」

石崎と松井はすぐには意味をくみ取れず、ぽかんとした。やがて理解が及び、問い返そうとした時、九郎は二人へにこりと微笑(ほほえ)んだ。

「という気がするんだけどね」

石崎は、目の前に暗く建つ古くカビの臭(にお)いのする家より、この桜川九郎という人物の方によほど怪しさを感じてしまっていた。

午後九時を過ぎ、石崎は松井と轟とともに居酒屋にいた。轟が難のある作業を引き受けてくれた慰労に、と誘ってきたからであったが、同じ作業をしていた九郎はいない。

「あの桜川っていう人、何ですか?」

注文したビールとつまみが並び、それぞれジョッキを半分ほど空にした辺りで、石崎は轟にそう尋ねた。

「結局あの家で何もなかったろう?」

轟はできればその話題はやめておかないか、と言いたげにする。

「確かに家の整理はつつがなく終わりましたけどね」

「でもあの桜川って人は訳知りみたいでしたよ」

松井が石崎の援護に回った。

轟はしばらく迷うようにビールジョッキを手にしていたが、黙っている方が落ち着かないとなったのか、しゃべり始める。

「あの人な、建物の解体や工事現場の仕事ではちょっと知られた人物だ。実際理屈では説明のつかない事故や現象が続く土地や建物はけっこうある。俺もそんな工事現場のバイトであの人を知って、今回は頼み込んでわざわざ来てもらったんだ」

石崎と松井は顔を見合わせた。

「あの人がいると、どんな不吉でいわくのある土地や建物の作業でも何も起こらないって言われてるんだよ。それこそ入念にお祓いしたのに災難の続く現場でも、あの人が来ただけでぴたっと止まるとか。だからけっこう現場で重宝されるし、逆に得体が知れないって避けられる時もあるそうだ」

　轟から冗談を述べている感触は受けなかった。

「他にもあの人、不死身とも言われてる。真偽は知らんが、クレーン車の横転事故にもろに巻き込まれながら傷ひとつ負わず、それどころか他の作業員をかばって助けていた、なんて話まであるんだ」

　聞けば聞くほど作り話めいているが、石崎は否定の言葉が出てこなかった。

「人畜無害そうな顔してるけど、あれで腕っ節も相当なものらしい。工事現場じゃけっこう気の荒い、暴力団まがいの連中もいるんだが、そういう人らでもあの人にだけは丁重に接するし、一度絡んだやつがいたんだが、翌日、青い顔して頭下げてるのを見た」

　松井も若干顔色を青くして問い返す。

「つまりあの家より、あの人の方がよっぽど恐ろしいと？」

「だから何もなかったんだからいいじゃないか」

　轟はつまらなそうに言ったが、やはり耐え難そうに続ける。

「あの家の今の持ち主に、作業にあたってさんざん注意された。噂についてはほとんど正しい、だからくれぐれも注意してくれと。だから作業始めてすぐ逃げ出す覚悟もしてたんだよ。なのに全くそんな気配もなかった」

何もなかった、問題はひとつも起こらなかった。なのに今さら石崎は冷たい汗を背と脇に感じる。松井が否定を求めるように訊いてきた。

「あの人が言ってたつきまとわれてる子、実在するのか？」

「それは確かにあんな子、現実にいそうもありませんけど」

「あの人こそ本当に変なものに憑かれてるんじゃないか？　あの家に憑いてたものはそれを怖がって逃げたとか」

うつろな瞳の娘の額に立った細い棒の上でくるくると皿が回っている光景が石崎の脳裏をよぎる。それは妖怪じみた、古家に憑いた悪霊めいた姿ではないか。

石崎はジョッキを握って自分でも驚くほど低い声を出した。

「やめましょうよ。どうして何も起こらなかったのに怖い話にするんですか」

多額の報酬を約束された仕事を滞りなく終わらせ、懐も十分以上に暖かくなっているはずなのに、石崎達は通夜客のようにビールを黙々と飲むしかなかった。

「だから人の部屋で皿回しの練習をするのはよせ」

岩永琴子は、午後八時前に帰宅してきた九郎に開口一番そう言われた。確かに九郎の住むアパートの部屋で額に細長い棒を立て、皿回しの練習をしていたが、恋人にそれくらいの自由も認めないとはなんと狭量な男なのか。

「するにしても照明をつけてやれ。ロウソクを灯すな、煤も出るんだぞ」

九郎が部屋の照明のスイッチを入れ、また些細な点を注意してくる。

岩永はなお額の上の方に立てた棒で皿を回しながら反論した。

「そうは言っても本番はこれくらい暗い所でやるんですから、それに合わせた環境で練習しないと意味がないでしょう」

「自分の家でやれ。ここより広いし、皿もいくらでもあるだろう」

「うちでやっててうっかり父母に見つかったら怪しまれるじゃあないですか。それにうちにある皿は軽過ぎて回しにくいんですよ。安い皿の方がちょうど良い重さで、安定もさせやすいんです」

岩永とて父母へ心労はなるべく与えたくない。ひとり娘が暗い部屋で皿回しの練習をしているのを見れば、やはり安らかではいられないだろう。

「せめてもう少し楽しそうに回せないか?」

「この姿勢で回すのにはまだ集中が必要で、表情まで気を遣えませんよ」

棒を手で持ち、皿の揺れや回転を視界に入れながらなら簡単にできたが、額に棒を立て、なおかつ正面を向いたまま先端の皿を回すのは、棒と皿の状態がまるで見えないため、バランスや回転速度を調整するのが格段に難しくなる。

「来月川辺の妖怪達から月見の宴会に呼ばれてるんです、少しはひねった芸のひとつも見せないと知恵の神の名折れとなるじゃあないですか」

九郎はため息をついて部屋に鞄を置いた。

「そうか、神様も大変だな」

ねぎらっているというよりは匙を投げたとも聞こえたが、今は皿回しの習得の方が先決なので、岩永は敢えて苦言は述べない。

九郎は急須を出してきて湯呑みにお茶をいれ、それを飲みながらふと思い出したように言ってくる。

「今日、怪奇現象が頻発するというG町の空き家の整理を手伝ってきたんだが」

「ああ、あそこですか、ご苦労様です。でもあそこの怪異の噂は全部嘘ですよ」

岩永は立場上、近隣の怪しい場所や事象に関して概ね把握をしている。幽霊や怪異の遭遇、出現情報は当の幽霊や化け物達からももたらされるのだ。

九郎は普通に驚いた顔をした。

「そうだったのか？」

悪霊や妖怪、化け物から恐れられる九郎は、仮にそういうものがいても気配だけで逃げられるケースが多いので、実際にいたのかどうか自分では判断できないのだ。

岩永は皿を回しながら少々面倒であったが説明する。

「前のあの家の持ち主は違法に作った資産をあそこに隠していたんですが、どう隠したか相続人に教える前に亡くなったんです。相続人は資産があるのは知っていましたが、隠し方がわからないので迂闊に家や家具を処分できません。何でもない椅子や机が実は値打ちものだったり、かさばらない宝石の類が仕掛けのある家具の内部に隠してあるかもしれないんです。床下に金庫や金塊を埋めている可能性もあります。だからこれまで手を付けられなかったというのが真相ですよ」

「普通に業者や専門家を呼んで調べればいいんじゃないか？　それこそ中を整理して家を解体していけばすぐ見つけられるだろう」

「隠し資産ですよ、下手に表に出したら捕まる種類のものも含んでるんです。だから慎重かつ内密に調べる必要がありました。それで家や家具を処分しないのを周囲からなるべく詮索されないよう、霊的なものに作業を妨害されて、というまことしやかな作り話を広めたわけです」

そういう噂が広まると心霊スポットとして興味を引き、不法侵入される恐れもあるが、さして大きくもない個人の家で鍵もかけ、ある程度管理していれば、廃墟となったビルや施設と違って侵入する際の違法性の印象が強まり、ためらわれるだろう。

「最近になってその資産をすっかり発見し、回収したので、あの家をようやく処分できることになったんです。ただこれまでさんざん怪異ないわくをつけた家ですからあっさり解体できてもまた変な疑いを持たれかねません。そこで正規の業者でない、いかにもやむをえず引き受けるしかなかった、という所にまず中の整理を頼んだんでしょう」

「何事もなく整理できればあの家に憑いていたものはいなくなったようだ、と、次に取り壊しを引き受ける業者も見つけやすくなるか」

九郎も実情を理解できたらしい。岩永は額に立てた棒を手に取り、皿を一度高く跳ね上げて落ちてきたのをつかんでから説明を続けた。

「解体費用が余計にかかったり、土地を手放すにも買い叩かれるかもしれませんが、回収した隠し資産の額を考えればわずかな損失です。それが表沙汰になって罪に問われることまで考えれば安いものでしょう」

九郎が嘆息する。

「何も起こらなかったし、僕を少しでも見知っている幽霊や化け物なら挨拶のひとつもしてくるはずとは思ってたが、よくある犯罪隠しの偽装工作に過ぎなかったか」

「はい。何ら怖い話ではありません。強いて言っても、そういうことを企む人間の方が怖いというつまらない話にしかなりませんよ」

皿と棒を置き、岩永も九郎がいれてくれたお茶を飲む。すると九郎は少し不審そうな表情になった。

「ちなみに、どうやってそんな真相がわかったんだ？」

「ああ、あの家にたちの悪いものが憑いてるという噂を耳にした周辺の化け物や幽霊が様子を見に行ったら何もいないんで、調べてみたらそうとわかったんです。化け物達も、私利私欲で勝手な作り話を広める人間は怖いな、と首を横に振ってましたよ」

九郎がいっそう不審げに訊いてきた。

「あの家の怪異は人間によるでっち上げだ、と本物の怪異に聞いた、という話は怖くない話になるか？」

「だって怖くないでしょう？」

その家で先程まで平気で作業していたのに今さら怖いも怖くないもないものだが。

九郎は岩永が置いた皿と棒をちらと見、やはりあきらめを感じさせる調子で言った。

「確かにお前がここで割った皿の枚数を聞く方が怖そうだ」

岩永も正直に言うのは怖かったので、こう返すに留めた。

「ちゃんと補充はしてますよ？」

前の皿より品質の良い物にしているのだから、そこは質さない約束にしてほしいものだ。

その後、川辺の妖怪達の宴会で行った岩永の皿回しは好評だった。

第三話　死者の不確かな伝言

十月になったとはいえ、暑いものは暑い。

風間怜奈(かざまれな)は舗装道路の端を歩きながらひとつ息をついた。右には収穫の近そうな田畑が広がり、左には山肌や高い草の生(は)えた野原が続く。民家もろくに見られない。遠くに目を遣(や)っても緑の濃い山並みに、電線を架ける鉄塔があるくらい。道路は整備こそされているが、車とはまだ一度もすれ違っていない。人ともだ。

人口が減るばかりの地方の村となれば生活の必要上、車の利用者は多いが、人口が少なければ台数も限られてくる。こうして何とも、誰ともすれ違わない午後もあるだろう。特に休日となれば、出掛ける人はとうに出掛け、そうでない人は家でくつろいでいそうだ。

駅まで徒歩約二十分。日差しもまだ強い午後三時過ぎ、がらんとした無人の道路をひとりで歩いていると余計に疲れを覚える。怜奈は右肩に掛ける布製の鞄(かばん)の位置を直した。

十月最初の日曜日の今日、午前中から祖父母の家を訪れ、その帰りだった。資産の譲渡や確認のための書類にサインや判をもらうために来たのだが、郵便での遣り取りでも済む内容だった。祖父母とも七十歳を越えているが壮健で、自動車の運転にも支障はなく、田舎とはいえ結構な家屋を構え、趣味的に農作業をして暮らしている。不自由などまずないだろう。

たまには孫として訪れて機嫌を取るように、という両親からの頼みであり、成人してもまだ大学二年生で、親の援助がないと厳しい怜奈の身の上では従わないわけにもいかない。祖父母は一代で繊維メーカーを築き、六十五歳になるとさっさと息子、つまり怜奈の父親に会社を任せ、前々からの夢だったという田舎暮らしを始めていた。

ただ会社の三割以上の株や特許のいくつかは祖父母が握っており、経営への影響力をまだまだ残しているため、怜奈の父はその機嫌をうかがわざるをえない立場だった。

祖父母とも頻繁に顔を見せないと気難しい注文や口出しをしてくる、といった人ではないが、おろそかにしていると忘れた頃に影響を及ぼしてくるかもしれない。そのため忙しい両親に代わり、怜奈が足を運んでいるのだ。

また祖父にはいつも、駅まで距離があるから車で送ろうか、と提案されるが、車だとさしてかからない道を送ってもらうのは気が引け、往復とも徒歩でやってきている。祖父は送り迎えを提案しても、自分の若い時はこれくらい平気で歩いたが、と付け加える人でもあるので、断った方が好感を持たれるだろう、という判断もあった。

何にせよ、身内の付き合いは資産のあるなしにかかわらず面倒なのである。

十分ばかり歩いても人と出くわさない静かな道を進みながら、帰り際に祖母にされた話を思い出す。

「最近この辺りに大きな猪が出るそうでね。黒く、堂々として、あれは古くから土地に伝わる、長く生きて力を得た化け物かもしれないって話だ」

半分笑いながらであるけれど、割合真面目に祖母は続けた。

「サツマイモやカボチャ、スイカなんかを勝手に食べていったりするけど、きれいに掘り出したりちぎっていったりで、丁寧過ぎるのがやっぱり怪しいってね。無闇に畑を荒らさないから、供え物と思えば害があるほどのものじゃないそうだけど」

怪異とか化け物とかと聞くと、怜奈は反射的に高校時代、同じ学年で同じ部活にいたとある令嬢を頭に浮かべてしまうが、おくびにも出さず祖母の話を聞いていた。

「ただ猪は昔から神様の乗り物や使いともされるからね、もし出くわしても、手を合わせて頭を下げたら何もしないで去っていくと言われてるよ」

そうににこやかに送り出されたものだ。

どうやら猪が出るのは本当で、この地域にその化け物の伝承があるのも確からしい。祖母も最近話題になっているので口にしただけで、出くわす心配を本気ではしていないだろうが、怜奈としては相槌を打ちづらい話題である。

「猪の化け物か。狸や狐ならまだしも、あまりリアリティを感じないな」

怜奈は舗装道路を踏みしめながら肩を落として呟いた。リアリティは感じないが、そういうものがまるでいないと断言する自信はない。化け物や幽霊といったものと直接遭遇したことはなくとも、そういうものは確実に存在するだろう、と感じさせられる経験はあった。

無論高校時代、とある令嬢によってである。

そんな時、前方から切羽詰まった、中年男性じみた野太い叫びが聞こえてきた。

「ひいっ、化け物！　お、お助け！」

道路の少し曲がった先、怜奈の視界にまだ入らない辺りからで、声とほぼ同時に、全長二メートルはあるだろう巨大な猪が、涙を流さんばかりの顔つきで転がるようにしながら怜奈の方へ駆けてきた。猪はこちらになど目もくれず横を抜け、茂みに飛び込んで草や土を鳴らしながら山の方へと消えていく。巨体の起こす震動が、怜奈の体にも伝わるほどの勢いだった。

怜奈は何が起こったかと呆然としていた。異様に大きく感じはしたが、あれは猪らしい生き物だった。帰り際に聞いた猪の化け物らしいものだった。それが怯えながら慌てて逃げていったと見えた。

さらにあの切羽詰まった『化け物！』という叫びは、猪の化け物自身が発したと感じられた。つまり化け物が化け物と叫び、逃げていったのだ。

我に返った怜奈は恐れより気になる方が勝って、やや急ぎ足で道の先へ行く。

そこにはひとりの背の高い女性の姿があった。その女性は、どうしたものかと立ち尽くし、悩んでいるようで、道路に差す彼女の影も心許(こころもと)なさそうに揺れていた。

女性は足音を耳にしたのか、怜奈の方に向く。周りには他に誰もいない。ならあの猪が取り乱して駆けていったのとこの女性が無関係とは考えにくいだろう。

「さっき、大きな猪が私の横を全速力で逃げていったんですが」

怜奈は困惑しつつそう尋ねてみた。女性はしばらく言葉を選ぶように口許を動かしていたが、やがてこう答えた。

「ええと、私は何もしてないから」

結局そう言うしかない、といった苦しさが見て取れる。

「『化け物』と叫ぶ野太い声も聞いたんですが」

「私のものではないわね。猪の鳴き声がたまたまそう聞こえたんじゃないかしら」

説明に窮しているのはわかるが、そのたまたまはないだろう。

女性は背は高いものの全体的に細く、厚みも乏(とぼ)しく、針金に服を着せるとこうなるのでは、と喩(たと)えたくなる。細い足をいっそう強調させるジーンズに、それと似た色のジャケットを身につけ、旅行にでも使いそうな大きめの鞄をひとつ手にしていた。この地域に住んでいる人ではないだろう。やはり旅行者か。むしろひとつ所に留まれない、放浪者と表現するのがふさわしい雰囲気ではあった。

年齢は二十代後半くらい。どことなく陰があり、時と場合によっては自殺場所でも探しているのでは、といった懸念が浮かばなくもない佇まいだが、悪い人には見えない。はかなく、今にも折れてしまいそうで、肩に届きそうな黒髪に、帽子もかぶらず、暑さとか大丈夫だろうか、と考えてしまう。

怜奈は気掛かりなものの、この女性を追い詰める真似もしたくなかった。

「きっとあれは、この辺りに出るという猪の化け物だったんでしょう。化け物なら人の言葉もしゃべれそうですし」

あの猪の化け物はこの女性を見て怯え、逃げていったに違いない。それはそれでただ事ではないし、そんな相手と人気のない道の真ん中で話している怜奈はもしかするとかなり危険かもしれないが、なぜか警戒心は湧かなかった。

女性は少し背中を丸めて頭をかき、気が重そうに怜奈へ語る。

「私は化け物に怖がられる体質らしくて、大抵ああいう反応をされるの。なるべく見つからないのを心掛けているのだけど、油断できないものね」

「はあ、大変ですね」

怜奈としても化け物に化け物扱いされる体質というのは意味不明だが、同じ部活にいたあの令嬢よりはまだ親しみを覚えた。この女性がその体質に傷ついていると見えたからだろう。

怜奈は何事もなかったように駅へと歩き出した。その女性も目的地は同じなのか重そうな鞄を持ち直して一緒に歩き出す。

やがて女性は怜奈へ訝しげに尋ねてきた。

「落ち着いているのね。化け物とか私の説明とか、気味悪がりそうなものだけど」

女性としては怜奈がもっと狼狽したり腰が引けていた方が安心だったらしい。この状況だと、怜奈の態度の方が女性には異常に映り、怖いものになるのだろうか。

「ええと、高校時代、同じ部活にその、幽霊とか化け物とかの存在を実感させる子がいたもので。ならそういうこともあるかな、と」

「そう。迷惑な子がいたものね」

「迷惑とまではいかないんですが、私も彼女が気になってその部活、ミステリ研究部に入るのを決めましたし」

その令嬢は小さく、人形のようで、同性の怜奈でもつい見入ってしまうほど可憐な容姿をしていた。そして彼女は右眼が義眼で、左足が義足だった。

「ただその子、口では全く怪異とか超常現象を信じていない風に言うんですよ。たとえ幽霊や妖怪が関係していそうな相談事が部に持ち込まれても、全部現実的な解決を嘘みたいにつけてしまって」

あの令嬢はとかく捉え所がなかった。奇怪な謎も合理的に解体し、相談事を丸く収めてしまうのだ。

「でも明らかにその子は怪しくて、裏では人知を越えた力で何かしてそうにしか見えなかったんです」

怜奈が所属していた私立瑛々高校のミステリ研究部は、本来なら探偵小説、推理小説といったものについて語ったり情報交換をしたりする部活で、オカルトまがいの怪しい相談事が持ち込まれる部ではなかった。

けれどあの令嬢が入部してから良くも悪くも名が知れて、そんな相談が寄せられ出したのだ。部長の天知がよく苦々しげにしていたものである。

「高校を卒業してからその子とは全く会っていませんし、連絡先も知らないんですが、そのおかげでまあ、この世に不思議があっても仕方ない、なるべく関わらず黙っているのが賢明だ、と達観しまして」

だからあなたにどういう事情があろうとこちらは詮索しない、他言もしないと暗に伝える。この女性が何であれ、この状況では敵意も他意もないと示すのが最善だろう。

女性は怜奈の話に難しい顔をしていたが、やがてこう、いたわりを含んで聞こえる声で訊いてきた。

「その子の名前、岩永琴子といわない？」

「彼女を知ってるんですか？」

そう、その令嬢の名は岩永琴子といった。社交界でも名の通った存在で、内々にまともな法や摂理では解決できないトラブルの収拾を請け負っていたという噂も聞かれる。この女性にそういった関係で岩永と接点があったとしても、特段驚く話ではないかもしれない。

女性は何やらあきらめにも似た様子で言う。

「あの子に恋人がいるのは知ってる？　高校生の時から付き合い出していたんだけれど」

「ええ、絶対結ばれないだろうって相手だったのに、どういう呪いをかけたのかと耳を疑いましたよ。写真も何度か見せられて、確か名前は、五郎だったか七郎だったか」

「九郎」

怜奈はその助け船で記憶が明瞭になり、つい手を打ってしまった。

「そう、九郎でした、桜川九郎！　この人、絶対早死にしそうって皆で言い合って！」

その男性の姿形は、影の薄い人だったか、くらいしか思い出せないが、名前は思い出せた。そしてあの岩永琴子と恋人付き合いをして寿命が縮まない男性がいるわけがない、と部員一同、九郎さんに神の救いあれと祈ったものである。

女性は苦笑し、それから自己紹介をした。

「私は桜川六花。九郎の従姉でね、おかげで琴子さんとも親交があるの。困ったことに」

さすがにこれは驚く話で、怜奈は目を丸くして両手を上げてしまった。

これを奇縁と言うのだろうか。猪の化け物をきっかけとしている段階で奇なものだが、あの岩永琴子の恋人の従姉と出会おうとは。

怜奈は驚きから立ち直ると真っ先に頭を下げた。

「す、すみませんっ、従弟さんを早死にしそうとか言い合って」

「謝らなくていいわ、私も同感だから」

六花と名乗った女性は、かえって従弟の恋人が面倒をかけたとばかり気遣わしげにする。常識のある人なのだろう。

気遣い合っても進展がないので再び歩き出しながら、怜奈はついつい湧き上がってくる疑問を六花に質さずにはいられなかった。

「まだ岩永さんは従弟さんとお付き合いをしているんですか？」

「ええ、今もまだ」

「従弟さん、心身に異常はなく？」

「そうね、二人ともナカヨク、タッシャニ、クラシテいるわね」

「なぜか不穏そうにしか聞こえませんが」

「琴子さんは九郎への不満ばかり言うけれど、九郎は彼女を、それはそれは大事にしているわね」

そう言う六花がよほどその状態に不満そうで、腹立たしげだ。岩永そのものが気に食わないのか、それとも従弟が自分ではなく他の娘に心を向けているのが面白くないのか。どうも六花と九郎の関係はただの親戚といったものより深そうだ。

六花はそんな感情を怜奈に察せられまいとしてか、こう取り繕うごとく重ねた。

「あ、九郎も琴子さんを後ろから蹴り倒したり、ふなずしを無理矢理食べさせたりなんてことはしているけど」

「それ、大事にしてる人にはしませんよね？」

やはり従弟の人の心身には深刻なストレスがかかっているのではなかろうか。

六花は強い日差しを受けても涼しげで、まるで体温もないかのように汗ひとつかかず長い足を動かしている。怜奈も驚きや意外の連続ですっかり汗が引いてしまい、むしろ肌が冷えて感じる。

六花が話を変えるように尋ねてきた。

「高校で琴子さんは怪しい相談事を解決していたそうだけど、どんなのがあったの？　彼女、学校生活がどうとか私達にろくに話さなくて」

「誰かに話すほど、そこでのことに関心がなかったんでしょう。今では私や部について忘れていてもおかしくありません」

怜奈は岩永と同じ部に三年近くいたが、友達や仲間とはとても言えない間柄だ。彼女とそう言える間柄にあった者は学校に誰もいなかったろう。岩永がわざと周囲から距離を取っていた節もある。

それでも怜奈にとって岩永といた日々は忘れがたく、彼女と関わるのを選んだ高校時代の自分を褒めこそすれ、悔いたことはない。岩永琴子は怪しくも、持ち込まれたトラブルや謎に対し解決を語る様は物語の中の名探偵のようだった。

怜奈がこれから先、もう一度でもそんな人物に出会ったり、同じ感覚を受ける刹那はないだろう。

「そういえば、こんな相談が持ち込まれたことがありました。いわゆるダイイングメッセージにまつわるものなんですが」

怜奈は最初に頭に浮かんだ出来事を、ミステリ小説内でよく使われる用語を使ってそう口にした。大学でミステリ研に類するものに所属はしていないが今もミステリは愛読しているし、読んだ作品の感想をウェブ上に書き込んだりしている。

六花が興味を持った風なので、怜奈は高校一年生の頃、十月半ばの一幕を詳しく話しだした。

その日の放課後、ミステリ研究部の部室に案件を持ち込んだのは、怜奈と同じ頃に入部した一年生部員の秋場蓮だった。

「ダイイングメッセージの本当の意味って、結局それを残した本人に訊かないとわかりませんよね？」

部室には怜奈の他に二年生で部長の天知学、一年生で天知の恋人でもある小林小鳥、そして岩永琴子がいた。岩永は部室にいても活動や会話に進んで参加したりせず、大抵は窓際に置いた椅子に座り、壁に愛用のステッキを立て掛けて読書をしたり目を閉じて眠っていたりで、良く言えばミステリ研のマスコットに近い存在であった。

ただし怜奈達が話しかければきちんと応じてくれるし、存外愛想も悪くはない。とはいえさしたる用もなく話しかけたりちょっかいをかける勇気は怜奈にはなく、複数の武道で段位を持ち、そういった部に入れば全国レベルで結果を出せると保証されている部長の天知でさえ触らぬ神に祟りなしといった距離感でいる。

この日も岩永は、他の部員が席について部誌の発行と内容についてどうするかといった話し合いをしているのを余所に、窓際の定位置の椅子に座り、部室の本棚にずらりと並んだミステリ関係の蔵書から抜いたハードカバーの一冊を手に、本をめくる自動人形といった風情で静かにいた。

蓮が意を決してといった顔つきでダイイングメッセージについて発言したのは、部誌の方向性が決まり、ミステリでよく使われる設定や小道具、仕掛けの分類についてやや脱線気味な話になっていた時だった。

天知が蓮の問い掛けに部長らしく、他の意図があると察した表情で受ける。

「極言すればそうだな。死ぬ直前の短い間にどうにか残そうとするメッセージだ、情報量の少ない、どうとも解釈できるものにならざるをえない。被害者が犯人のイニシャルや名前の一部を書き残したと見えても、その解釈で正しいかの疑問は残る。また誰かの名前が完全に書かれていたとしても、それが犯人を指すとも言い切れない」

一方小鳥は流れを考えず、単に彼氏が膨らませた話題に合わせて、といった風に明るくしゃべった。

「最近読んだ小説でもそういうのあったよ。被害者が死ぬ前に犯人の名前を書くんだけど、被害者は犯人の名前を別の人のと間違えて憶えてて、ややこしくなるっていうの」

そこまではっきりとした間違いまでやらずとも、死にかけの朦朧とした状態でメッセージを残そうというのだから、勘違いや書き損じは当然起こりえるだろう。

部員はそれなりにミステリを読んでいるので『ダイイングメッセージ』について説明は要しないが、一般には伝わりにくい用語かもしれない。死者の伝言、死に際の伝言とも呼ばれるもので、死に瀕した人物が何かを伝えようと最期に残すメッセージを表す。ミステリではまず、犯人を示す手掛かりとして使用される。

わかりやすい例なら、刃物で刺されて出血した被害者が、その血で犯人の名前をどこかに書く、といったものだ。血でなくてもペンで紙に、刃物で床に傷をつけて、というパターンや、留守番電話や携帯電話に音声を残す、というものもある。

ミステリでよく見られる題材ではあるが、蓮や部長が言った通り、それだけでは情報が少な過ぎて犯人を決定する材料としては弱く、この題材を中心的なアイディアとし、その魅力で名を知られるミステリというのを怜奈は知らない。

蓮は天知達が話題に乗ってくれたのに安心したのか、表情を和らげて補足していく。

「何か書かれていればまだしも、手近にあったものを握ったりその一部を壊して犯人への手掛かりにしようとしたりとなると、いっそう解釈の余地は広がるでしょう」

「イニシャルにしても英語ではなくロシア語表記だった、というミステリもある。アルファベットのIと見えたが実は数字の1だった、被害者はEと書こうとしたが途中で力尽きFと読める状態になってしまった、何か書かれていてもそんな可能性まで含めれば解釈に際限はない。『犯人は住所が××で電話番号が××で氏名が××の者である』くらい書いていないと手掛かりとして信用できそうもないだろう」

「それだけ書いてる時間あったら、まず自分で救急車呼んだ方がいいよね」

天知の解説に、小鳥がミステリの様式美を無視してはいるが鋭いことを言う。最近ミステリを読むようになったというから、かえって正論に抵抗がないのだろう。

　天知は気が進まなそうではあるがダイイングメッセージ問題を整理していく。

「そもそもはっきり犯人の名前を書いていれば、当の犯人に見つかって消されるだろうし、かといって消されないよう犯人に意味のわからないメッセージを書いたら、警察にも何を示しているかわからなくなるかもしれない。正しく読み解けたとしても、それが唯一の解釈とは確信を持てない。つまり証拠にならない」

「さらに被害者が何か書こうとしたり、何かやろうとしてたら、犯人は意味がわからなくてもそれを消したり元に戻したりしますよね。そして被害者にとどめを刺す」

　ここで怜奈もそう口を挟んだ。天知が肯く。

「犯人が被害者の生死をちゃんと確認せず現場を立ち去るなんて状況でなければメッセージは残せないし、犯人が立ち去ったなら意味のわかりづらいメッセージを残す必要もない。第一死に際にそんな凝ったメッセージを一生懸命考えて残そうとするのもおかしな話だ」

「犯人が別人に疑いを向けさせるため、ダイイングメッセージを偽造するパターンもありますよね。そうなるとダイイングメッセージは全く信頼できない手掛かりで、残した本人に意味を訊けない限り無視した方がいいっていう結論にもなります」

　怜奈もこの題材をそう否定的に評しないわけにはいかないが、その上でダイイングメッセージを推理の材料として使用した作例もないわけではない。それでもそれはダイイングメッセージの解釈ではなく、使い方に意味があるのであって、例外としても特殊になる。

天知も概ね似た意見らしい。

「ダイイングメッセージが出てくる名作ミステリはあるが、大抵はそれ以外の部分の良さで評価されてる。題材としてよく使われても、正面から扱うには何かと問題が多いんだ」

そして天知は胡乱げに蓮を見下ろした。

「それで秋場、クラスメイトか知り合いから、ダイイングメッセージにまつわる岩永さんへの相談を持ち込まれたのか？」

「ええ、あんまり歓迎されないとは言ったんですが」

蓮は居心地が悪そうにする。天知は頭痛を覚えたみたいな仕草をしつつ、おそらくこれまでの遣り取りからそうでなければいいが、といった風に予想を述べた。

「岩永さんなら被害者本人、それこそ被害者の幽霊と話して、相談にあるダイイングメッセージの正確な意味を聞き出してくれるんじゃないか、とか？」

「遠からずです。被害者の幽霊の目撃談もあって」

身を縮めるように認める蓮。怜奈も頭痛を覚え、根本的な間違いを指摘しないではいられなかった。

「被害者の幽霊と話せるならダイイングメッセージなんか放ってまず犯人の名前を訊きま

しょうよ。それより、幽霊に答えを訊くってもうミステリじゃないでしょう！」

どう考えてもホラーや怪談の部類の物語だ。

一方天知はもっと分をわきまえた間違いを指摘する。

「それ以前に、俺達は多少優秀な学校にいても、実際の殺人事件の解決なんて相談を受けられるほど偉くはない。殺人なんていうのは作り事だから楽しめるのであって、本物の事件に遊び半分で誰が犯人とか語るものじゃない。それで下手に恨みを買ったり、無関係の人間に罪を着せたり、取り返しのつかない事態になればどうする」

「でも以前、岩永さんを部に入れようと恨みを買いそうなことを」

小鳥がたぶん他意なく、天知を後ろから撃つみたいな過去を持ち出す。

「ああ、おかげで俺はひどい目に遭ったろう」

天知は諦念(ていねん)の面持ちで窓際の岩永を目で示した。その件で天知が岩永にどう報復されたか、怜奈も天知と小鳥が付き合っていると教えられた際に聞かされている。どんな自信家でも分をわきまえるだけの経験だ。そして岩永に恐れを感じつつも惹(ひ)かれる話だ。

そこで蓮が慌てた格好で、また混乱を生む情報を付け加えた。

「確かに相談は殺人事件にまつわるものなんですが、誰が犯人とか事件を解決してくれとかいうんじゃないんです。事件は五年前のもので、発生から一週間と経(た)たずに真犯人が自首して裁判から何からとっくに終わってます。でも被害者が犯人を示したらしいダイイングメッセージが問題で」

怜奈はもとより、天知も小鳥も怪訝な顔をしていた。ではどう問題になるというのか。岩永だけが変わらず、皆の遣り取りを聞いているのかいないのか、我関せずとばかり本のページをめくっていた。


日光の強さも緩んで来た頃、歩く怜奈の目に駅舎が見えてきた。まだ無人駅とはなっていないが駅員の数は少なく、周囲に食事を取れる店もない。ホームもひとつだけで、上り列車も下り列車もそこに停まって乗降となる小さな駅だ。

怜奈は目的の列車の時刻まで余裕を持って出発したのでまだ六花と話す時間はあり、怜奈とは逆方向の列車に乗るという六花も大丈夫のようだった。

「秋場君がクラスの女子から相談を受けたんですが、何でも彼女の親戚のおじさんがダイイングメッセージのせいで不遇な状況になっていて、岩永さんなら何とかしてくれるんじゃないかと考えてのことでした」

駅に着くと切符を買い、ホームのベンチに向かいながら怜奈は六花に概要を続ける。

「秋場君が聞いた話によると、事件はこういうものでした。被害者は大橋礼太郎、当時三十一歳で商社勤めの人です。その社の同期の中でもトップクラスの優秀な社員で、出世もかなり早かったとか。その人が八月の終わりの早朝、自宅マンションから五十メートルほど離れた路上でうつぶせになって倒れ、亡くなっているのが発見されました」

列車を待つ客は怜奈達以外は誰もおらず、六花は鞄をベンチに置いてその隣に座り、細い足を組んで怜奈の話をきちんと聞いていた。怜奈はホームに立ったまま、線路を眺めたりしつつ語る。

「死体のそばに長さ二十センチほどの金属製のハンマーが落ちており、死因はそれで後頭部を割られたことによるもの。多量に出血し、顔も血まみれになっていたとか。死亡時刻は前夜午後十一時半から深夜にかけて。会社で残業を終え、帰宅途中に凶行に遭ったものと判断されました」

高校一年生の時に聞いた話で数字はやや自信がないが、いかにもミステリ的なダイイングメッセージが関わる事件だったので、憶えている部分の方が多かった。

「最寄り駅から徒歩五分くらい、他にもマンションが建ち並び、商店もあるらしいんですが、その時間帯は駅前のコンビニ以外は閉店しており、被害者が倒れていた道にも人通りがほとんどなく、誰かに待ち伏せされたり後ろから追いかけられて襲われても目立たない場所だったそうです」

外灯はいくつもあったろうが、それでも暗い部分の方が多いだろう。

「そして被害者は、流れた血を指につけて書いたダイイングメッセージを顔の近く、アスファルトの上に残していたんです。カタカナの横書きで『タケヒコ』と」

六花が理知的に眉を動かす。その容姿といい、事件を聞く姿勢といい、岩永とはまた違う意味で物語の中心にいるような人だ、と怜奈は少し心が浮き立つ。

「金品が奪われた形跡もなく、怨恨による犯行がまず疑われました。そして被害者の勤める商社に血文字と同じ名前の人物がおり、動機があるのもわかりました。それが中村沢岳彦さん、秋場君が相談を受けた女子の親戚のおじさんです」

「状況からすれば、警察が一番に疑う人物ではあるわね」

「はい。最初から犯人扱いされたそうです。その中村沢さんによると被害者とは同期で激しい出世争いをし、どちらが先に上に行くかでしのぎを削っており、仲も悪かったといいます。事件の数日前も被害者は大きな取引に成功し、中村沢さんに『これでお前は完全に俺の下だ』といった笑いを向けてきたとか」

六花がかすかに微笑む。

「つまりその親戚のおじさんにとって被害者はとかく目障りだったと」

「警察も当初そう見たわけです。残された血文字も被害者によって書かれたとしか考えられず、関係者で『タケヒコ』という名の人物はひとりとなれば、捜査の目が厳しくなるのもわかります」

「ところが突然、犯人が自首してきたわけね?」

蓮が前置きした通り、一週間とかからなかった。

「事件から四日後だそうです。自首してきたのは被害者が倒れていた場所のそばに建つマンションの十二階に住んでいた三十歳の男性で、ハンマーから検出されていた指紋もその人のものと一致しました。何でも男性は事件の日の午後、購入した家具の組み立てや設置を行い、その際使ったハンマーをリビングのテーブルに出しっぱなしにしていたそうです。そして夜、窓を開けたままビールを飲んで、リビングで眠り込んだと」

六花はそれだけで事の次第を把握した顔をしたが、怜奈は語る。

「悪いことに男性はなぜか熊に追いかけられる夢を見、その夢の中で手近にあった棒をつかんで向かってくる熊に投げたのだとか。男性は悪夢にうなされはしたものの目覚めもせず、翌朝を迎えたそうです。その時にはハンマーを出しっぱなしにしていたのも忘れ、テーブルになくとも不審に思わなかったと」

「つまり男性は棒をつかんで投げた夢の中の動作を、現実でもやっていたのね」

「はい。近くにあったハンマーを夢うつつでつかみ、開けっ放しにしていた窓の外へ投げてしまっていたんです。勢いよく投げたせいか、マンションから被害者のいた路上までいくらか距離があるんですが、そこまで届いてしまった」

「部屋も十二階と高い所だから、いっそう距離が出たのでしょう。それが不運にも被害者の頭に当たってしまった。上から飛んで来たハンマーが後頭部に当たったなら、被害者は少しうつむき加減でいたか、道に落ちているものに気を取られたり拾おうとして体を前に倒して後頭部を上に向けていたのでしょうね」

やはり六花の洞察力は高いようだ。

「まさにそうです。頭頂部に凶器が当たっていれば上から落ちてきたと早めにわかったかもしれませんが、そこも運が悪かったんでしょう。男性も自分のマンションのそばで撲殺死体が発見されても当初は全く関連に気づかず、その後の報道で凶器や夢がようやくつながりだし、部屋の中にもハンマーが見当たらず、まさかと思いながらも警察に行くのを決めたんだそうです。想像通りならハンマーには自分の指紋がついているはずですし、とても逃げられないだろうと覚悟したと」

警察はハンマーの柄からはっきり指紋が検出されたのを、犯人が誰かの私物を借用して使った、と最初は見ていたらしいが、事実は単純なものだったのだ。夏場、家具の組み立てくらいで手袋をはめてハンマーを使う者はまずいない。

「男性の自首で一気に事件は解決に向かいました。状況証拠は完璧ですし、五十メートル近く下の暗い路上を歩いている被害者に狙ってハンマーを当てるのは不可能とされましたし、男性と被害者に関係は見られず、ハンマーも近くのホームセンターで購入されたもので男性の部屋から盗む機会もなかったとまでわかれば、裏のある事件とも考えにくいでしょう。頭蓋骨の割れ方も、詳しい所見ではハンマーを持って撲ったというより、離れた場所から勢いよくぶつけられたものであり、事件は運の悪い事故として決着しました。事故とはいえ男性には実刑が下されてましたが」

六花が足を組み直し、右頬を撫でるみたいな仕草をした。

「そこでダイイングメッセージが問題になるのね。真相がそうなら、被害者は突然上からハンマーが落ちてきたわけだから自分が誰に襲われたかわかるわけもない。人影や足音さえ見聞きできたはずもない。なのになぜ、犯人を特定するような血文字を残したのか」

怜奈は当時、蓮から聞かされた警察の見解を教える。苦笑しながら。

「警察はこう考え、中村沢さんの会社の人達もそれに納得したそうです。大橋さんは夜中に自分を襲い、何も取らず逃げていく人間は周りに中村沢さん以外にいないと死に際に考え、その名を犯人として書き残したと。つまり被害者の思い込みで書かれたダイイングメッセージです」

ダイイングメッセージとはかくて始末に困るのだ。六花も小さく口許に笑いを作った。

怜奈はミステリ研の部室でのその後の遣り取りをあらためて語っていく。


蓮は岩永以外の部員のあきれ顔を前に、申し訳なさそうに続けた。

「状況からしてその解釈が一番妥当とされたんです。中村沢さんが大橋さんを嫌い、日頃から批判的だったのも知られていて、社内でもいかにもありそうだと」

　怜奈はこの結論が現実的かもしれなくとも、つい返してしまう。

「わからないでもないけど、ダイイングメッセージから犯人を推理するミステリを全否定するみたいな解釈じゃない」

　天知も同感そうではあるが、もう少し建設的な意見を述べる。

「全否定というか、ダイイングメッセージの負の部分に焦点を当てた解釈だな。メッセージを書いている被害者の心理描写がされた小説とかなら、読者には書かれた真意が何かわかる。だが現実ではそうやって答えの確認をするのは不可能だ。結果、メッセージがどんな意図で書かれていても、もっともらしい解釈をくつがえすのは難しくなる。解釈が間違っていても、メッセージが示すと見られた人物は不利益を受ける」

　蓮が強く肯いた。

「中村沢さんの容疑は完全に晴れたんですが、大橋さんに『自分を殺してもおかしくないやつ』と認定されていたと周囲には思われたわけです。大橋さんの人望が高かったのも手伝って、中村沢さんは人品に問題ありとのイメージが広がったらしく」

「警察に疑われただけでも周りの目は変わるというからな。人望のある人間の死に際の評価となれば重みも違う、真犯人が捕まっても悪い影響はあるだろう」

　天知も実際の殺人事件ゆえか、相談者の親戚のおじさんに配慮する顔をした。

「その上大橋さんが亡くなったマンション近くの路上に、頭から血を流した男の幽霊が出るようになったって目撃談まで広がって。大橋さんが犯人と思った中村沢さんが逮捕されていないので、成仏できずに霊として現れてるとまで言われてるそうです。この幽霊の目撃例は今もあるみたいで」

「幽霊まで持ち出されて悪いイメージが強調、継続されてるのね。それだと部下からは信頼されないでしょうし、上司や取引先の覚えも悪くなるでしょう」

怜奈も見ず知らずのおじさんの負の連鎖に同情せざるをえない。

「おかげで中村沢さんは出世コースに乗っていたのに重要な仕事から外されがちになり、閑職に回され、この五年間給料も上がらず、不遇なんだそうです。その会社自体は気に入っているので転職は考えていないらしいですが」

蓮は怜奈の相槌を受け、ようやく相談の核を述べる。

「けどダイイングメッセージが実は中村沢さんを示したものではない、違う意味だったと納得できる答えがあれば周りの見方も境遇も変わるかもしれません」

天知も殺人事件の解決よりはまだ高校生が扱えるくらいの領分にあると判断したのか、相談に対し好意的に返す。

「それでダイイングメッセージの真意を突き止め、あわよくば会社で広めておじさんの不遇を解消したいってわけか？　真意は警察の推測通りかもしれないが、絶対ではないからな。そのクラスの子、いい心掛けだな」

しかし蓮はいっそう申し訳なさそうにした。

「あ、彼女、そこまで同情してるわけでなく。ただ親戚の集まりになるといつも酔ったおじさんにこの話をしつこく聞かされてうっとうしいと。彼女だけでなく親族のほとんどが絡まれて、気の毒ではあるので愚痴くらいはと聞いてあげてる人もいるそうですが、おじさんは厄介がられてるそうです。だから『あれはおじさんを示したんじゃなく本当はこういう意味で書かれたから、いつまでもくだを巻いていないで会社でそれを広めれば』、とか言って追い払えないかと。そうなればおじさんもそちらに力を注いで、今後絡んでこなくなりそうだしと」

天知と小鳥は、別の意味でおじさんが憐れになったのか天を仰いだ。怜奈もだ。クラスの女子の厄介払いを頼まれただけか、とこの件を真面目に捉えて損をしたといった空気が広がる中、天知が気を取り直す調子で言う。

「まあ、そんな利己的な動機の方が相談されるこちらも気が楽だが」

相談を受けるにしろ断るにしろ、その方がやりやすい。それに怜奈もこの相談は解決できそうにないと判断しだしていた。

小鳥がそれを声に出して述べる。

「でも今さらおじさん、これが真意ですって別の解釈出されて納得できるかな？　警察の見解が信じられてるのは、それがもっともなものだからだろうし」

　蓮がちらと岩永琴子を目で示す。

「あの岩永さんがマンション近くに出る幽霊から直接答えを訊きだしたとなればそれだけで説得力が出るから、試すだけ試してくれないかって。岩永さんの名前は彼女の家でも知られてるそうです」

　その岩永は怜奈達の方に注意も向けず、椅子に端然と座ってページに目を落としている。

　天知も岩永を横目にし、癪に障っている風に腕を組んだ。

「いつもながらミステリ研に持ち込む相談じゃないな。かといって推理で中村沢さんの納得する別解を出そうとしても、現状の解釈で大きな齟齬もない」

　すると小鳥が首を傾げる。

「けど被害者の大橋さん、どうして特徴的な『ナカムラサワ』って苗字を書かなかったんだろう？　普通によくありそうな名前の『タケヒコ』より、そっちの方がもっとはっきり個人を示せたんじゃない？」

　もっともな疑問かもしれないが、天知が解説する。

「特徴的な苗字だけに、被害者は書いている途中で力尽き、他の人に容疑が向くのを恐れたとすればおかしくない。『ナカ』や『ナカムラ』まで書いて力尽きたら、それこそよくあるその苗字の人が疑われる。周りにそういう人がいれば避けるだろう」

「単純に『ナカムラサワ』より『タケヒコ』と書く方が早いでしょうし」

怜奈も付け足し、小鳥はそれに気づかなかった不明を恥じるみたいにする。

ただ小鳥が絶対的に間違っているわけでもない。これも被害者自身に尋ねなければ確認できない事項だ。死の間際にそこまで考慮して犯人の名前を書こうとする、という発想の方がまともでないかもしれないのである。

蓮が小さくなって他の部員を見渡した。

「相談を受けられるかどうかはわからない、とは言ってあります。部に迷惑はかけたくありませんし」

「頼られれば秋場も無下にできなかったろう。中村沢さんは気の毒だが、相談してきた女子の事情は深刻でもない。断るにも俺からその女子に対応しよう。何でも受けていればこういうのが続きかねない」

天知は蓮を咎めず、部長らしく責任を請け合う。天知から断られればそのクラスの女子も引き下がるだろうが、対症療法にも限界はあるだろう。

「かといって岩永さんがいる限り、オカルトまがいの相談は減らないんじゃ？」

怜奈がそう言うと、ぱたりと本の閉じられる音が窓の方でした。

「どうして皆、幽霊なんて非科学的なものを信じているのでしょうね。そんないもしないものに、答えを訊けるわけないじゃあないですか」

岩永だった。どうやらこちらの話をちゃんと耳に入れ、理解していたらしい。

天知が深いため息をつく。

「だったらきみの怪しさを何とかしてくれ」

「女子に対して怪しいとは無神経ですね。小林さんの苦労がしのばれますよ」

微笑みながら嫌味っぽく返す岩永だが、当の小鳥が応じる。

「私も岩永さんは怪しんでるよ」

怜奈にだって岩永の神経の方が小鳥や天知を苦労させているとわかる。

岩永は自身のペースを崩さず、怜奈達へ視線を向けて語り出した。

「ここは断るより、現実的な解決をそのクラスメイトに返すのが最善でしょう。それでこの部はきっぱり怪異を否定するという認識を広めれば、妙な相談もなくなります」

それができれば一番だろうが、これは難易度が高い。

「でもダイイングメッセージの別の解釈を納得させるなんて無理でしょう」

そう言う怜奈へ岩永は愉快げに眉を動かし、名探偵のごとくこう切り出した。

「素直に考えればいいんです。被害者が犯人のわからない状況でメッセージを残したなら、それは犯人を示したものじゃあないんですよ」

部室はしばし、静寂に満ちた。怜奈はその岩永の指摘に呆気に取られる。仮説としてはありだろうが、的を射ているとは感じられない。他の部員もそのようだ。

岩永は構わず続ける。

「被害者は突然後頭部に衝撃を受け、流血して倒れ、死を直感する。そこで自分がこのまま死んだ場合、親族や関係者が困りそうなことが脳裏に浮かび、その解決につながるだろう言葉を書くことにした。この方がまだ理にかなっているでしょう」

「困りそうなことって何だ？」

天知の問い掛けに、岩永は滞りなく答える。

「例えば私物のパソコンの起動時に求められるパスワードなんてどうです？　それがわからないとパソコン内のデータを調べるのが段違いに難しくなります。故人の交友関係や関係者のアドレス、銀行口座や資産状況、どんな生活をしていたか等、わからないと困る情報が山と入っているのにです。親族としてはトラブルのもとになりそうとも感じます」

パソコンの起動時だけでなく、他のインターネット上のサービスや日常の手続きにもパスワードを求められる機会が多くなった。身内の死後、遺族はそれがわからずひどく手間取ってトラブルに発展したといった話もニュースになったりしていた。

「無論、見られたくないデータがあって調べられるのを望まない人もいるでしょうが、恋人がいたり、死を知らせてほしい人とのつながりがそこにしか残っていなかったりした場合、被害者にとっても親族にとっても困ります。また株の取引や投資をパソコンでやっており、親族がそれを知らず放置して多大な損を発生させるなんてこともあります」

少しずつ、怜奈も岩永の推測に引かれるのを感じた。

「パスワードは大抵英数字ですが、ＴＡＫＥＨＩＫＯと書くと八文字、長くて途中で力尽きる可能性もあります。だからカタカナで四文字の『タケヒコ』と書いた。これでパスワードと即座には伝わりませんが、親族が被害者の遺品整理をする際、パスワードを求められて何か試そうとした時、その意味ありげに残された言葉が入力候補に浮かぶのでは？試して損はありませんし、アルファベットに変換して入力するのにも気づくでしょう」

相談を持ち込んだ蓮も岩永に見入っている。こうなるのを期待していたろうが、岩永の解決へと向かう予想外の経路に、息を詰めているようだ。

「そしてあの血文字がパスワードを意味していたと親族にわかっても、すでに事件が解決していれば警察や会社に報告する必要を感じないでしょう。またそのパスワードで得た情報を独占したかったり、故人の名誉のために隠したいデータがあったりすれば、周囲にはパソコンの中身は調べられなかったと説明するため、積極的に伏せもします」

あらかじめ指摘されそうな点を岩永は淀みなく押さえてみせる。天知はいつもと変わらず気圧されているようだったが、一歩退きつつも反論してみせた。

「わかった、ないこともない仮説だろう。だが会社の同期で仲が悪く、被害者がライバル視し、取引成功時にわざわざ勝ち誇ってみせる相手の名前をパスワードに選ぶか？　周りに類推されにくいものを選ぶにしても、入力のたびに嫌いなやつの名前を見るなんていうのは避けるだろう」

急所を突く反論と言えた。だからパスワードという可能性は、精査するまでもないとして棄却されるのだ。

岩永はあきれた調子で怜奈達にこう投げかける。

「本当に被害者は中村沢岳彦さんをライバル視し、仲が悪かったんでしょうか。それは中村沢さんが勝手に言っているだけなのでは？」

「でも社内じゃ二人は仲が悪かったって話で」

戸惑いを見せる小鳥に、岩永は容赦のない、けれど現実に即した解釈を披露する。

「中村沢さんが一方的に被害者を嫌い、悪口を言っていても、被害者から積極的に仲良くしようとしていない限り、二人の関係は悪く見えますよ。それこそ被害者が中村沢さんに全くの無関心でまるきり無視していても」

「無関心って、ライバルなわけだし」

「被害者が優秀で、同期の中ではトップクラスだったのは間違いないでしょう。では中村沢さんはどうでしょう？　被害者としのぎを削っていたと言いますが、それも本人の談です。勝ち誇られた、というのも単なるひがみや自意識過剰ではないか。そもそも事件に関わる中村沢さんの情報は、全て中村沢さん自身が語ったものでは？」

岩永は小鳥の意見にたやすく返す。

「同期のトップとライバルだった、仲が悪かった、出世争いで先に手柄を立てた時に勝ち誇られた、と言えば、いかにもその相手と競り合えるくらいの能力、相手に意識されるくらい優秀という印象になるでしょう。けれど実は中村沢さんは社内では平凡かそれ以下の成績で、トップを走る被害者の眼中にもない存在だったのでは。中村沢さんは自分を実際より大きく見せるため、そう言っているだけでは」

ない話ではない。人はつい見栄を張るし、おのれに価値があると見せたい、感じたいものだ。大げさに語ったりする場面もあるだろう。

怜奈も岩永の仮説を真剣に捉えないわけにはいかず、加えられる説明に耳を傾ける。

「被害者も同期のひとりとして中村沢という苗字くらいは知っていたかもしれません。けれど下の名前、岳彦まで知っていたでしょうか。個人を区別し、呼びかけるにも苗字だけで事足ります。特徴的ならなおでしょう。そうなれば無関心の眼中にもない同期の下の名を知る必要、憶える必要はいっそう生じません」

天知は悔しげに岩永への同意を呟いた。

「それは確かに、特に親しくなければ苗字しか憶えていない知り合いなんているし、同級生でも下の名前が出てこないのも何人かはいるが」

「なら被害者が設定したパスワードが、偶然中村沢さんの下の名と同じになっていた、というのもありえるでしょう」

愛の反対は憎悪ではなく無関心だ、というのを怜奈は思い出した。たとえ憎まれていてもそれは自分に興味があり、つながりがあると言える。理解が深まり、愛に変わる可能性だってある。希望がある。

けれど無関心とは何もつながらず、何も生まれない。何かが深まるはずもなく、何の価値ももたらさない。希望もない。

「事件後、中村沢さんは社内で不遇となって出世できないとしていますが、それは能力相応の位置で、事件と無関係なのでは。また能力のある人ならそれだけ不遇が続けば転職しそうなものです。その会社が気に入っているから、というのもまともな転職ができる能力がないのを隠す言い訳とも取れます」

岩永はなお容赦なく中村沢さんに鞭を打つ。

小鳥がいくらなんでもそこまでは、とかばう調子で挟んだ。

「でも中村沢さんは親族の集まりで必ずこの愚痴を言ってるそうだし」

「だから親族にこそ、自分の役職や評価が低いのはこの事件のせいだ、自分の能力のせいではない、と思わせたいんです。親族内で少しでも体裁を良く見せようとしているんですよ。社内でもそうなのでしょう。名前がダイイングメッセージと同じであった偶然にすがり、自分はかつて同期のトップの男に意識されていた、本当はできる人間だ、と。自身でもそう信じ込んで現実逃避をしている可能性もあります」

怜奈は先程とは違う意味で、中村沢さんに同情したくなった。見ず知らずの女子にここまであしざまに評されるいわれはないだろう。

蓮もまた同情してか、岩永の仮説に苦しいながら反論する。

「でも被害者の幽霊が現場に出ているよ。やっぱり大橋さんも血文字で訴えた犯人が捕まってない、とかいう無念がないと化けて出たりしないんじゃ」

だからダイイングメッセージは中村沢さんを示したものという主張だろうが、ミステリファンとしてはあまり褒められた反論ではない。他に隙がなかったからだろうが。

岩永はため息をつかんばかりに首を横に振った。

「だから幽霊なんていませんよ。それも中村沢さんが流した噂、作り話とすれば説明できます。殺人事件とはいえ、何年も経てば話題にならず、興味も持たれません。けれど幽霊の目撃情報がネットなどに上がり、それと因果関係のあるものとして過去の事件が話題になれば、興味の引き方もまた違うでしょう」

もとより、仮説を披露する岩永に隙があると考えるべきではないのだ。

「かつてうちの社員が殺されて、と始まる話より、あの取引先そばのマンション付近で幽霊が目撃されるってネットにも上がってるんだが実はあれ元はうちの社員で、と始まる話の方が周囲の反応も良いでしょう。噂としても広がりやすい。中村沢さんが冴えない社員である理由も広まりやすくなります。それを企み、作り話を自分でネットへ上げていた。これが妥当な解釈です」

それまでの仮説に基づき、岩永は幽霊の存在まであっという間に消してみせた。

天知は岩永の仮説に辻褄の面で欠ける部分がないのを認めてか、渋い顔で情の面での傷を訴える。

「それ、筋は通ってるが中村沢さんを貶め過ぎだろう。確たる証拠もない上に、おじさん当人はそれが間違ってるかどうかわかるんだ。相談者がその仮説を伝えても間違っていたら必ず怒鳴られる。仮説が正しくともそんなみっともない事実を認めはしない、何としても打ち消そうと余計に怒鳴り散らすだろう」

それが人間というもので、岩永の仮説は相談者の問題解決にはつながらないはずだ。

けれど当の彼女は平然としていた。

「はい。私もこれが真実かどうか知りませんよ」

「おい」

天知が、ここまで何を聞かされたんだ、と文句ありげにしたが、岩永は鋭利に微笑む。

「誤解なきよう。相談の目的はダイイングメッセージの正しい解釈ではなく、相談者が中村沢さんにこのことで絡まれないようにするものでは？　ならおじさんにこの仮説をこっそり話し、最後にこう言ってあげればいいんです。『いつまでも昔のことを蒸し返してると、そのうち周りもこういう意図でやってるんじゃないかと疑うようになるよ？　そろそろ過去は忘れて違う気持ちで進んでみれば』と」

　そうだった。この話題を親族の集まりで出されなくするのが一番の目的だった。中村沢さんの不遇の解消ではないのだ。

　天知が岩永の狙いに気づいてか、名探偵に先に真相を見抜かれた刑事みたいな声を上げる。

「仮説の真偽ではなく、周りがそれを信じるかもしれないと中村沢さんを脅そうというのか！」

　悪辣だった。ダイイングメッセージの解釈を中村沢さんにとって都合の良いものに変えるのではなく、逆にもっと悪いものにして問題を解決しようとは。

　蓮と小鳥が口をぽかんと開け、怜奈が唖然としている中、岩永は淡々と語る。

「仮説は筋が通っている分、たとえ中村沢さんには間違いとわかっても、周りがそれを信じたり、それと同じ疑いを持つかも、という不安は拭えません。ダイイングメッセージの勝手な解釈によって冷たい目で見られた経験があれば、また似たことが起こるのではと恐れるでしょう。仮説が真実だった時も同じ。中村沢さんは見抜かれたくないその意図に周りがとうに気づいているのではという恐怖に襲われ、青ざめるでしょう」

岩永は椅子に座り直して本を再び開いた。

「どちらであれ中村沢さんは二度とこの話題を出さなくなりますよ。話題に出すたび、周りが『こいつは見栄を張りたいために作り話を繰り返す無能なやつだ』という目で見ていると感じるようになるでしょうから。周りから厄介がられても同情を感じればまだ慰めになりますが、内心蔑まれているのでは、という不安は耐え難いはずです。相談者も、おじさんが周囲からそう見られないよう今のうちに言ってあげたんだけど、というけなげな態度で接すれば、むしろ感謝されるのでは」

岩永の狙いは全くもって悪辣だった。相手に実質脅しをかけて黙らせようというだけでなく、あなたのために親切心でやっている、として感謝までされようというのだ。

「これで問題は解決し、ミステリ研は幽霊など否定する健全な部と主張できるわけです」

岩永は開いた本へと目を向けながら良い気分転換になったとばかり上機嫌そうに締めくくった。

岩永の方法の有効性は認めなくもないが、蓮はそれに喜ぶよりも、怜奈達と顔を見合わせ、これでいいのか、と不安げに尋ねる。

「解決はするだろうけど、もうちょっと真実とか手段を重視した方が健全なんじゃ？」

そこで天知がふと気づいた、といった様子で顎に手を当てた。

「そういえば被害者の名前、大橋礼太郎だったな。福永武彦という有名な昭和の小説家がいるが、この人、加田伶太郎という別名で推理小説も書いている。『武彦』と『伶太郎』だ。なら自分の名前から連想でき、周りには類推しにくいパスワードとして『ＴＡＫＥＨＩＫＯ』を選んだ可能性はあるか？」

怜奈もその作家と別名は知っており、その符合につい、あ、と声を立ててしまった。被害者がミステリファンだったかどうかは不明だが、岩永の仮説の信憑性を増させる符合かもしれない。

岩永は本を読む格好のまま、さらりとこう言う。

「ああ、それは知識をひけらかしたいミステリマニアのこじつけですね」

天知にも容赦のない岩永だった。

ホームに立ったままそこまで語った怜奈は六花に目を向ける。ベンチに座る六花は端的な感想を穏やかに言った。

「琴子さんらしい解決法ね。容赦なく、効果的」

六花の反応からすると、岩永という人間は現在も変わりないらしい。

怜奈は乗る予定の列車がそろそろ到着する時間だったので、それまでに相談がどうなったかの結末までたどり着けるのにはほっとする。

「効果的でしたね。秋場君から岩永さんの仮説と利用法を伝えられたクラスメイトも最初は驚いたそうですが、その後親族の集まりで試したところ、中村沢さんは青くなって周りを見回し、以降二度とその話をしなくなったとのことです」

　蓮によると、相談してきたクラスメイトはおじさんの反応にこれまでの鬱憤を晴らせてすっきりし、ミステリ研究部に厚く礼を述べたのだとか。

「仮説の真偽は不明ですが、中村沢さんはその後仕事に励んで昇進もし、親族間での評判も良くなったとか。そこまで計算していたのか、岩永さんの方法は最善の結果をもたらしたわけです」

　幽霊を否定し、現実的に八方丸く収まるように解決する。岩永は本を読む傍ら、部室の椅子に座ったままそれをやってのけた。まさに名探偵の手際だった。

　六花が愉快そうに怜奈へ問い掛ける。

「ただ琴子さんの仮説、ひとつ弱点があるわね。もし事件現場で幽霊の目撃例がその後も続いていれば、中村沢さんがその噂を流していた、という仮説が揺らぎ、全体を崩しかねない。中村沢さんもだから自分のせいじゃない、といっそうやさぐれたくなるでしょう」

　その通りだ。被害者の幽霊が本当に出没していれば、岩永のダイイングメッセージの解釈に大きな疑問符がつく。そこにすぐ気づくとは、この六花という女性もあなどれない。

それとも岩永と親交を持つには、それくらいでないと無理なのだろうか。

「幽霊の目撃例はちょうど良く消えたそうです。それまで頻発していたのが唐突に」

「なら琴子さんがその幽霊と交渉してどこかに移動させたのでしょう。頭から血を流した幽霊なんて個性もないから、別の場所に現れても他と関連づけはされないでしょうし」

六花はさも当然のごとく、幽霊が実在して岩永がそれと接触できると主張する。つまり岩永の仮説は少しも真実を捉えていないと断じたも同じだ。

嘘を言っているとは聞こえないが、怜奈をからかっているだけとも取れる。

「当時、あまりにタイミングが合っていたので部員間でも話しましたね。岩永さんがこっそり成仏させたんじゃとか」

「幽霊が成仏したがっていれば手を貸したかしらね」

したがっていなければあの娘はわざわざやらないと言わんばかりである。

「やっぱり岩永さん、幽霊と話せたり？」

六花は肩をすくめる。

「どうかしら。無断で本当のことを教えるとあの娘に怒られそう」

はぐらかしているようで、答えを言っている気もする。

怜奈は迷いつつももう一歩踏み込み、学生時代からの気掛かりを訊いてみた。

「岩永さんって実際、何なのでしょう？　私よりずっと知っておられるようですが？」

「そうね、この世にとって必要で、正しい存在かしらね」

六花はそこはさらりと返してみせた。意味こそ漠然とはしているが、岩永を肯定的に語ってはいるだろう。怜奈にとって岩永は不自然で、正しいとの評には違和感があるが。

すると六花は冷ややかにこう付け加えた。

「でも正しくない側からすれば、たまったものではないわね」

冷ややかではあったけれど、怖くは感じない。その冷たさは、岩永を非難するより世のままならなさへの嘆き、六花の孤独や満たされなさを感じさせたからかもしれない。

どう返したものか怜奈が迷っているうちに六花がすっと首を動かし、遠くを見る。怜奈もそちらへ顔を向けると、上りの列車がホームに近づいてくるのがわかった。

「私は下りの列車に乗るから、ここでお別れね。面白い話を聞かせてくれてありがとう」

六花は座ったまま足を揃え直して小さく目礼し、怜奈も慌てて頭を下げる。

「こちらこそ、岩永さんの近況を知れて少し嬉しかったです」

「そう。案外あの娘も好かれているのね」

どこか不本意そうな六花の言い種だ。わからないでもないので怜奈はつい笑ってしまう。

「近くにはいられませんが、どこかで幸せでいてくれれば、くらいには」

ホームに入り、停まった二両編成の列車の扉が固い音とともに開く。

六花が優しげに言った。

「ごきげんよう。あなたも幸せであるように」

「ありがとうございます。そちらも良い旅を。あ、従弟の九郎さんにはどうか心身ともにご自愛下さいと」

怜奈はそして鞄を肩に掛けて列車に乗り込む。ベンチに座る六花を見直そうとした時、二枚の扉が閉まって列車が動き出した。六花が車内の怜奈へ小さく上げた手を振る。

やがて列車は駅から離れ、六花の姿もじきに見えなくなった。

怜奈は車内でしばらく考えた後、駅の方に向かって手を合わせ、一礼しておいた。

第四話　的を得ないで的を射よう

妖怪やお化けは夜の墓場で運動会をしているなどと歌われるが、昨今は運動会ができるほど広く、周囲に人家もない墓場など田舎でもそうあるものではなく、怪異のものが集まって騒ぐのもたやすくはない。また墓石の立ち並んで動きづらい空間で運動をしようというのが発想としておかしいだろう。

ならば夜中あやかし達が集まって騒ぐ場所はどこかと言えば、ひとつとして廃村というのがある。廃れたくらいだから付近を人間が通ることもなく、空き地も多く、雨風をしのげる空き家も残っていたりする。少々明かりを灯したところで目に留められもしない。さすがに運動会といった健康的な語感の催しはしなくとも、妖怪達が集まって何事か行うには適した場になる。

岩永琴子は桜川九郎とともに丑三つ時、車でとある廃村にやってきて、廃屋の陰ともなり、奥まった場所にある空き地へとステッキを突きつつ歩いて向かいながらここでの用件を告げた。

「九郎先輩、今夜はリンゴを頭の上に置いて矢の的となってください」

しばらくどういう意味か考えるような間を取った九郎は面倒げにこう返してきた。

「那須与一（なすのよいち）の真似か？」

「それの的は扇でしょうが。俵藤太（たわらのとうた）ですよ」

「それは大ムカデ退治だ。リンゴはウィリアム・テルだろう」

「知っているならなぜ最初からそう言わない」

この男はどうしてこう人に余計な手間ばかりかけさせるのか。

ちなみに那須与一は鎌倉時代（かまくらじだい）初めの武士。源平合戦において、平家方が船に掲げた扇を見事射落としたことから弓の名手として知られる。

俵藤太は平安時代の武士。琵琶湖（びわこ）に住まう竜王の頼みを受け、三上山（みかみやま）にいる大ムカデを矢で倒したという伝説が語られている。

ウィリアム・テルはスイスの伝説の英雄。悪代官に捕らえられた際、息子の頭の上に置いたリンゴを射るよう命じられたというエピソードが有名である。当然テルは息子を傷つけずにリンゴを射落としている。そして後で悪代官を矢で射殺している。

岩永は気を取り直し、詳しい事情を語った。

「一週間ほど前、二匹の猿の妖怪が野原に落ちている弓矢を見つけて拾ったのだけれど、先に拾ったこっちのものだ、いや先に見つけたこっちのものだ、と言い合いになったそうで」

　いかにも人間的な争いであるが、妖怪にだって物欲はあるし、人に近い猿が歳を経て妖力を得たものであるから、いっそうその傾向が強いのかもしれない。

「そこで、この弓矢はうまく使える方のものだ、となったので的を作って矢を射合い、腕比べをしたものの、こっちが真ん中に近い、いやこっちが、と微妙な差でまた争いになって。他の化け物達に判定を求めても、その判定はおかしい、自分の方が真ん中に、と双方譲らず、結局知恵の神である私にどちらが優れているか決めてくれるよう頼んできたわけです」

「何やら昔話にでもありそうなもめ事だな」

　九郎が疲れたように言う。弓矢を巡っての猿同士の争い、とまとめれば確かにイソップ寓話などにありそうではあるが、あいにくと現実のもめ事なのである。

「それではっきり結果を出すため、九郎先輩の頭の上にリンゴを置き、それを先に射抜いたものに弓矢の所有権があるとする、と決めたわけです」

「勝手に人の頭の上に的を置くのを決めるな」

「別に頭や胴に矢が刺さっても九郎先輩なら死にませんし、痛みも感じませんし」

「痛みはなくても、体が棒状のものに貫かれる嫌な感触はあるわけでだな」

「それがどうしました。世の多くの女子が経験する感触でしょうが」

九郎はどこでどう自分は日本語表現を誤ったのか、といった苦悩する表情を浮かべたが、やがてあきらめた風に言う。

「そう荒っぽい勝負をさせずとも、たまには情も踏まえた裁定をしたらどうだ？　大岡裁きみたいな」

「そんな作り話の裁きを参考にしろと言われても」

「ウィリアム・テルのリンゴも伝説だろう」

　大岡裁きとは公正で情もあり、機知に富んだ裁定のことを言うが、これは江戸時代中期、町奉行であった大岡越前守忠相がそういう裁きを行っていたとされるのに由来する。

　大岡越前守の裁きとして例に出されるのに、ひとりの子どもに対し、二人の女が自分が実の母だと名乗り出て、子どもの取り合いになるというものがある。その際、大岡越前守は二人の女に子どもの手を片方ずつ取らせ、両側から引っ張って最後まで手を離さなかった方を母親とする、という条件を出した。そして女達に引っ張らせたところ、左右に裂かれるほど強く引かれた子どもが、痛い、と口にした時、一方の女が手を離した。大岡越前守は本当の母なら痛がる子を思いやってすぐ手を離すものだ、と手を離した方こそが実の母だという裁定を行った。

　理と情を合わせた裁きではあるが、そういった裁きをまとめ、世に広めた『大岡政談』という本の内容は大岡忠相と無関係の内容が多く、他の国の伝承や裁判を翻案したものもあって創作の面が強い。この子どもの手を引かせる話もそのひとつだ。

よって大岡裁きというのは概ねノィクションに基づくものなのだ。ただし大岡忠相という人物は優れた奉行で、庶民に人気があったのは確からしい。

ともかく岩永としては大岡越前守の裁きを引き合いに出されても参考にならない。

「四の五の言わず、私に従ってください。それで丸く収まりますから」

岩永は渋る九郎にそう述べ、空き地へと足を踏み入れた。


空き地には弓矢の所有権を争う二匹の猿の妖怪の他に、今夜の勝負を聞きつけた近隣の化け物や幽霊が多数、見物に集まっていた。人間社会でも勝負事の観戦というのは娯楽のひとつであるし、興味を引くものである。妖怪達にとってもそれは変わらない。岩永としても周りに目が多くあった方が勝負事に緊張感が出るし、裁定が公正かどうか納得させやすくもあるので今晩の成り行きは最初から周囲に広めさせていた。

周りが大いに公正と感じているなら猿の妖怪達も手前勝手な抗議を行えないだろうし、結果を知るものが多ければ後でくつがえすのも難しくなる。

人魂(ひとだま)といった炎や光を発する妖怪が辺りを照らし、月明かりもあって、丑三つ時にもかかわらずこの場の視界は良好だった。

廃村後も立ったまま放置されている電柱に九郎がしっかりと縄を巻かれて固定され、頭の上に赤いリンゴがひとつ置かれている。そこから十メートルばかり離れた場所に二匹の猿の妖怪がおり、木箱の上に朱色の立派な弓と、鋭利に光る矢尻のついた三本の矢が載せられていた。よく手入れされていたのか錆も染みもなく、弦の張りも申し分ない。

その木箱の横に岩永は立ち、二匹の猿の妖怪に宣言する。

「では勝負を開始する。どちらが先に矢を射るかは互いで決めなさい。先でも後でも、最初にリンゴを射抜いたものの勝ち。先に射た方が有利そうではあるけれど、後の方が先の様子から風や距離感を見極めやすいかもしれない。どちらが有利かはそれぞれ判断すればいい。そこもまた勝負」

二匹の猿の妖怪は顔を見合わせ、次に離れた場所で的を置く台となっている九郎を見、それからまた岩永に向き直った。そして一方が恐る恐るという態度で質してくる。

「あのお、おひいさま、何もリンゴを九郎殿の頭の上に置かずとも良いのではありませぬか?」

「いかにも、リンゴだけをどこかに置けば的として十分ですし」

もう一方も同意してくる。電柱に縛られている九郎も同じことを言いたそうである。

無論、岩永は理由もなく九郎の頭の上にリンゴを置いたわけではない。

「九郎先輩は人には普通の人間に見えるけれど、化け物達にとってその姿はひと目で総身が震え、伏し逃げたくなるほど禍々しく映るのは承知している。慣れていなければ正視しがたいものもあるだろう。その先輩に向かって矢を放つのはさぞ恐ろしく、狙いをつけるにも寿命が縮む思いがしよう」

岩永が理解を示すと、二匹の猿の妖怪は声を合わせた。

「そ、その通りでございます！　もし矢が誤って九郎殿に刺さりましては後でどのような報復をされますや！」

「にらまれるだけで心の臓が止まりそうにもなって！」

正視しがたい禍々しきものに矢を向けては不興を買うかもと本能的に感じるだろう。さらに射抜きまですれば、いっそうただでは済みそうにないと予感もされよう。

対して岩永はからからと笑ってみせた。

「大丈夫、大丈夫。それくらいで九郎先輩は怒りはしない。急所に当たったって即死してもすぐ生き返るから」

「そ、そうおっしゃられましても」

二匹の猿の妖怪は安請け合いにもほどがある、と訴えんばかりだ。

岩永としては九郎が報復するならこんな勝負を設定した自分に対してだろう、くらいの推察はできるが、そんな実情を語ると知恵の神の沽券に関わるので、別の危惧を二匹に伝える。

「ただし九郎先輩は死ねば起こる可能性の高い未来を好きに決定できる能力を持つ。どちらの放った矢がリンゴに当たるか、その未来を先輩の意志で決められもしよう。先輩もいつまでもああして固定されているのは疲れるだろうから、早々に決着させたいはず」

空腹にもなれば喉も渇く。早く終わるに越したことはない。

「そうなった時、自分に当てたものを勝たせるのは癪に障るのじゃあないかな」

二匹の猿の妖怪はようやく単純な弓術の腕比べではないと気づいたらしい。

岩永は表情を森厳なものに変えた。

「双方の弓の腕は互角と聞いた。普通に射合っても揃って納得するほど明らかな差は出づらい。ならたっぷりと精神的重圧のかかった中でやってもらおう。どちらがよりいつも通り弓を引き、矢を射れるか。単なる技術だけでなく、心の強さも問われる。これなら差が大きく出よう」

重圧のかかった中で弓を引き、狙いをつけるといった動作を行えば体力と気力もそう長くは続かないという計算もある。より早く結果が出ようというものだ。

すると見物している妖怪の中から歓声が上がった。

「なんと苛烈なるおひいさまのお知恵！　これぞおひいさま！」

「弓道とはその精神の修養にこそ真髄がある！　まさに真の実力が問われる！」

意味がわかっているのかどうかは不明だが、そう取ってもらっても岩永としては問題はない。知恵の神の威光に支障もないだろう。

「ではすぐに勝負を始めよ」

促す岩永に二匹の猿の妖怪はまだ逡巡（しゅんじゅん）を見せたが、結局じゃんけんをすると、負けた方が先に弓と矢を取った。

先に弓を取った猿の妖怪の放った矢は、リンゴどころか九郎からも大きく外れ、後ろにある廃屋の壁に突き立った。九郎の禍々しい気に正対しては狙いが十分に定められず、さらに九郎にだけは当てないようにという意識が強く出過ぎ、手元がまるで安定しなかったのだろう。射る姿勢からして縮こまってまるでなっていなかった。完全に気持ちで外したという雰囲気だ。

その猿の妖怪はただの一射で疲労困憊（ひろうこんぱい）の様子になり、弓をもう一方に渡した。先攻の手ひどい失敗を見れば後攻は幾分気持ちが楽になり、その失敗から改善点なども見いだせそうなものであるが、弓と矢を手にしたもう一方の猿の妖怪はしばしそのまま不安げに固まり、やがて岩永のそばに歩み寄って叩頭（こうとう）した。

「おひいさま、この勝負、我の負けでございます。この弓矢はほしけれど、おひいさまがお慕（した）いする九郎殿に矢を向けるなどやはり恐れ多いっ。それすなわちおひいさまを射るも同じではありませんか！　かような無体をしてまでほしいとは思いませぬ！」

　岩永は黙ってその猿の妖怪を見下ろした。もう一方の猿の妖怪はどこか、しまった、という表情をしている。すると見物している妖怪や幽霊の中からこんな声がかすかにだが聞こえてきた。

「そうか、これは大岡裁きだっ」

「なるほど、おひいさまがお慕いする九郎殿を射ようとすることこそ非道、そもそも間違いか！」

「精神の修養を目指す弓道で人を射ようというのもまた間違い！」

「なら弓道の本質を理解しているのは負けと言ったあやつの方か！」

「まさしくっ。おひいさまはそれを明らかにするためこの勝負を持ちかけられたのだ！」

「そう、大岡裁きだ！　手を離すことこそ母の証(あかし)であるように、矢を射ないことこそ正解だったのだ！」

「つまり負けとしたあやつこそ勝ち！」

「さすがおひいさまのお知恵！」

「見事見事！」

　いくらか故事を知り、頭の回るものがいるらしい。妖怪や化け物の多くはそう知恵のあるものではないが、人間の幽霊ならもともと知識もあろうし、化け物にも少しは理屈のわかるものもいよう。それこそ大岡越前守がいた江戸時代から生きながらえている妖怪が混じっていてもおかしくない。

しかし岩永はそれらの声を無視し、前に伏している猿の妖怪の頭をステッキでひとつ撲った。

「そういうのはいいから、さっさし矢を射なさい。私がやれと言ってるんだから、無体も不敬もない、むしろ私に従わないことこそ恐れるべき。それに弓矢は武器なのだから、生き物に向けてはいけないという道理もない」

礼節と安全のために無闇に生き物に向けてはいけないが、向けて良いと言ったものに向けたのを罰するのは不条理だ。

伏していた猿の妖怪は撲られた頭を押さえ、話が違うのでは、といった表情で呆然としていたが、岩永は構わない。

「大岡裁きがどうとかいう意見もあるけれど、最初に言った勝利条件を後から変える方がよほど無体で情のないものだから。私はそういうことはしない。弓矢はリンゴを射抜いたものの手に渡る」

そして岩永はステッキを上げてもう一方の猿の妖怪に向け、こう釘を刺しておく。

「だから一方が勝負を放棄しても、もう一方がリンゴを射抜かない限り、そちらにも弓矢の所有権は認めない。リンゴが射抜かれるまでこの勝負は終わらない」

二匹の猿の妖怪が揃って青くなった。

岩永は微笑む。

「わかったら弓を引きなさい。勝負はまだ始まったばかり」


二匹の妖怪はそれぞれ五回ずつ弓を引き、矢を放った。双方の矢はかするどころかリンゴから半径一メートルの範囲にも飛ばず、もちろん九郎に刺さりもせず壁に当たったり茂みに落ちたり、地面に突き立ったりした。射る度に狙いが修正されたりもせず、いっそう外れている節まである。九郎の姿とあるかもしれない報復への恐れから震える手と体をどうにもできないゆえだろう。外れた矢は他の妖怪によって回収され、岩永の所まで戻される。

やがて二匹の猿の妖怪は岩永に弓矢を差し出し、並んで土下座した。

「申し訳ありませんっ！　この弓矢は拾ったのではなく、とある旧家から盗み出したものでして、ほんの出来心で！」

「食べ物をくすねに入っただけなのですが、目にしたら何とも素敵でつい持ち出して！」

二匹は息も絶え絶えにそう自白した。

「弓矢は元の家に返しますので、どうかこの勝負、なかったことに！」

「なかったことに！」

最終的にはそう嘆願してくる。岩永とすればもう少し粘るかと踏んでいたのだが、半時間と経たずこうなるとはやや拍子抜けの感があった。

岩永はステッキで自分の肩をひとつ叩き、笑ってみせる。

「そりゃあ戦国時代でもあるまいし、きちんとした弓と矢が今時一緒に落ちているわけがないな」

その口調で二匹の猿の妖怪もようやく察したらしい。

「さ、最初からご承知で？」

「人の法を妖怪や化け物に守れと言う気はないし、どこかの家からものをくすねたくらいですぐに咎めたりはしない。けれど私を騙して都合良くことを運ぼうというのはどうだろうな」

「そ、それはその」

岩永は釈明しようとするのを制して続ける。

「その旧家に憑いている妖怪の家鳴りから頼みがあった。そこに家宝として蔵にしまわれていた弓矢が化け物らしきものに持ち出された。まだ家の者は気づいていないが、なくなったのがわかれば騒動になる、そうなる前に元に戻させてもらえないかと。その家鳴りは家の者を気に入っていて、平穏でいてほしいようだ」

家宝が盗まれたとあっては管理していた者が叱責されたり処分を受けたり、後味の悪いことになるだろう。さらに化け物に盗まれたのでは警察に届け出ても見つかりはせず、いつまで経っても解決しない。

岩永は二匹の猿の妖怪に問い掛けた。

「そういう頼みがありそうだから私に正直に話さず、自分達のものにしやすいようにした、というところか?」

「も、申し訳ありません!」

二匹は地面に頭を埋めんばかりにした。見物に集まったもの達もこれで岩永が意図したところを理解できたようだ。理解できていないもののためか、解説を加えているものがいる。

「弓矢が盗品らしくとも証拠はない、それであやつらを追い詰めようとされたのか」

「おう、九郎殿に向けて矢を射続けるなど怖くてたまらんからな。やましいことがあればいっそうだ」

「さすがおひいさま、全てお見通しであられる」

「やはり苛烈なるお知恵であるなあ」

だいたいその通りである。二匹の妖怪が最初から弓矢は盗んだものであると申し出ていればそれは元の旧家に返させ、代わりの弓矢を岩永が用意してやって弓を一方に、矢を一方に与えて仲良く使うように、といった裁きもあったが、岩永をわずかでもたばかろうとしたのは看過できない。それをやればひどい目に遭う、と周囲に知らしめる必要もあった。

岩永は二匹の猿の妖怪が差し出した弓と三本の矢を見下ろす。

「弓矢を元に戻すにしても、リンゴを射抜いたものに所有権があると言った手前、誰かがそうしないと収まりが悪いな」

ステッキを傍らに置き、岩永はその弓を取って弦に矢をつがえ、きりりと引いて九郎の頭の上に置かれたリンゴに狙いをつける。

弓は腕力ではなく姿勢で引く。正しい姿勢、正しい手順で引けば、余計な力は要らずに弓はしなり、狙いも揺れずに定まる。矢もイメージ通りに飛ぶ。

岩永は弦から指を離し、矢を放った。

瞬間、矢は空間を裂き、しっかりと突き立った。九郎の胸元に。九郎のうめき声が聞こえた気がしたが、空耳だろう。

「ちょっと高さを誤ったか。でも今ので感じはつかめた。次は必中で」

岩永がもう一本矢を取ろうとしたら、二匹の猿の妖怪に泣いて止められた。

「そ、それくらいでおひいさま！　これぜったい九郎殿は後で怒ります！　我らに八つ当たりでもされたらたまりません！」

「でも次は確実に当たるって」

　そう言ったが二匹の猿の妖怪だけでなく、見物に来ていた化け物や幽霊からも止められ、岩永は渋々弓を置かざるをえなかった。

　その後、矢を抜いて縄を解いた九郎に岩永は思い切り顔面をわしづかみにされ、宙に持ち上げられてもがき苦しむこととなった。

　可愛い恋人になんという真似をするのか、恋人の一度や二度の失敗を許容できないとは心の狭いにもほどがある、と結局岩永の方が怒ることになった。

第五話　雪女を斬る

十二月の初め、岩永琴子はは からずも高校時代の知人である秋場蓮と連絡を取り、その頼みを受けざるをえなくなった。

怪異達の知恵の神である岩永は妖怪やもののけからの相談や頼みなら拒まないが、高校時代に同学年で同じ部活にいても卒業後まるで関わりがなく、連絡先すらお互い知らない男子からの頼みを聞く義理は本来なかった。

かといって内容も聞かずに無視するのも少々ためらわれた。岩永の父母が蓮の両親と面識があり、そこを通して息子が高校時代琴子お嬢さんにお世話になったのですがその縁でお嬢さんに相談事があってもしよろしければ連絡してくれないか、無理なら無理で構わないので、と蓮の携帯電話の番号を渡されたのである。

岩永の家はそれなりの規模の会社を経営しており、蓮の家が関連する企業とも関わりがあった。そういうつながりを通して蓮がわざわざ岩永に連絡を取ろうとしているのだから、軽い用件ではないだろう。

そして岩永はどうもそういった企業やグループの社交界では、常識では説明のつかない、それこそお祓いや神頼みが必要そうなトラブルを相談するとうまく解決してくれる存在として噂になっているらしい。

岩永もそういった相談に本物の怪異が関わっており、知恵の神として解決せねばならなくなる時はあったが、大抵の場合は人為的でつまらない問題に過ぎないのである。そういうものは無視したいのだが父母の顔を立てないわけにもいかず、話を聞いて動く羽目になるのもしばしばだった。そしてどのケースでも、『怪異とか心霊現象といったロマンティックなものは現実にはなく、全て合理的に説明のつく味気ないもの』という結論を出して収めている。どうあれ、ありがたくない噂は一向に消せないでいる。

面倒ではあったが渡された番号に電話をかけ、できれば怪異が全く関わらない、岩永の知り合いの女子でも紹介してほしいといった心置きなく断れる内容であるのを期待したが、その望みはかなわなかった。

蓮は岩永からの連絡に繰り返し礼を述べた後、若干声を潜めつつこう打ち明けたのである。

「実は大学でできた友人の家系に江戸時代、雪女を斬って名を上げた剣客がいるそうなんだ。それについて悩みがあるっていうんだけど、彼が岩永さんにどうか話を聞いてもらえないかって」

江戸時代の出来事で悩まれても知ったことかと電話を切れれば良かったのだが、妖怪の雪女が関わるらしい。これでは頭から断りづらく、岩永は腰を上げないわけにはいかなかった。

時代は江戸、時の将軍が徳川家斉の頃。白倉半兵衛は二十二歳にしておのれの剣の限界が見え、絶望していた。

師である中川嘉十郎はそんな半兵衛に、

「そう嘆くには早かろう、半兵衛。二十にして無偏流剣術の免許皆伝に至り、わしの腕などとうに越えているお前だ。まだ限界を語る時ではない」

と親身に言ってくれたが、その二十歳の頃から半兵衛はおのれの剣が停滞しているのを自覚していた。そして免許皆伝と言っても無偏流剣術を極めたわけでないのは、嘉十郎も知っているだろう。

そんな半兵衛の思いを察してか、嘉十郎はこうも言った。

「そもそも無偏流開祖、井上又右衛門様もその剣を極めてはおられなかったのだ。お前ほどに剣を振るえるのは、わしなどにはうらやましいがなあ」

そう身を小さくしてみせるが嘉十郎は五十歳であり、無偏流道場の師範として多くの門弟を持つ人物である。かつては藩の剣術指南役をつとめていたが足のケガがもとで役を辞し、町道場の主におさまっているものの、弱いわけがない。

半兵衛は確かにその技と強さにおいて師をすでに越えているかもしれないが、師が優れているからこそ若くして強くなれたのである。

「もし先生が幼き頃に先生ほどの師と出会っていれば、もっと強くなられたでしょう」

半兵衛がそう返すと嘉十郎は首を横に振って笑った。

「もともと無偏流はその理が明瞭で教えやすい剣術だ。十年も学んでおればいっぱしの指導者にはなれる。それゆえ才なき者のための剣術、凡夫の剣術と揶揄されもする。まあ、そう言う連中は誰にでもわかりやすく剣術を伝え、強くできるまでの流派にした又右衛門様の恐ろしさをわかっておらん。まただからこそ至れる無偏流の真髄も」

嘉十郎はそして鋭利に言った。

「半兵衛、お前はその真髄の近くに迫っている。焦らず剣を磨いておれば、いずれあの幻の秘剣に開眼する時も訪れよう」

無偏流剣術は時の将軍が家治の時、井上又右衛門正勝によって開かれた流派である。その特徴は嘉十郎の言う通り、いかに剣を振り、いかに体を鍛え、いかに足を動かせばいいか、その理を明瞭に説いているところにある。

もともと肉体の動きをもって結果を成す剣術を言葉で教えるのは容易ではない。動きの手本を見せたとしても、見せられた者がその通りにすぐ動けるかといえば、そうもいかない。

個々人によって体格も違えば筋力や感覚も違う。形や感覚が違うものを正確に伝えること自体に無理がある。動きを真似るにも無理が出る。よって剣を教え、伝えるのに使われる表現や方法は難解で曖昧なものになり、教えられる者は不明瞭な中で日々鍛錬するしかなく、才能がなければ正しい方向に進むのさえかなわず、時ばかり浪費する。

しかし井上又右衛門はそれを明瞭な言葉で説明できる形にまでし、多くの門弟を得ることになった。武士に生まれても誰もが剣才に恵まれているわけはなく、剣の上達がはかばかしくない者は多い。そういう者が無偏流を学ぶと見る間に剣の扱いがうまくなり、その評判によっていっそう人気が広まったのである。

一方無偏流を学べば上達はするだろうが、単純だから学びやすいだけの初心者向け、見習いどまりの剣法に過ぎず、結局そこそこしか強くなれない、と他流派から誹られる時もあった。

無論、単純なだけの剣術ならすぐに廃れてしまったであろうが、無偏流はそうではなかった。単純な鍛錬によって基礎を身につけてこそ可能な技を持っていた。それらもまたほとんどが明瞭に解説され、理解しやすいものであったが、理解できたからといってその通りに動けるものではない。よりいっそうの鍛錬が必要とされる。

また才能があっても体が不十分であれば、理の通りに剣は振れない。剣才があればせいぜい理解がたやすいというだけで、体がすぐについていくわけもない。むしろ才能に頼って地道な鍛錬をしていない者ほど、無偏流の本質となる技を扱えないのが明らかになる。

無偏流はその理が明瞭ゆえに剣を振るう者は何ができていないかはっきりわかり、おのれの未熟さを痛感させられる残酷な剣術でもあった。

「無偏流には特に秘剣とされる三つの技がある。そのうち二つを身につければ免許皆伝。正直、そのひとつでも身につける力があれば、いかな剣士にも後れを取らん」

嘉十郎は思い詰める半兵衛を抑えるように言った。

「三つのうち二つはいかなる技かつまびらかに説明されており、たゆまず努力し、多少なりと剣才に恵まれていれば身につけられる。だが最後のひとつは不明瞭な説明に留まり、その剣の本質もはっきりとしない」

無偏流には珍しく、ただひとつだけ説明に苦しみ、曖昧な表現でしか残されていない技があるのだ。

「かの又右衛門様もその技だけはどうなれば会得できるかを説明できず、ご自身でもそれを自在に使えるまでにはなれなかったという」

「存じております」

「そのため又右衛門様は流派を開き、多くの門下生も持ちながら、五十五歳にして最後の秘剣を完成させるべく修行に出ると書き置きを残され、姿を消された」

「以来三十五年、又右衛門様のお姿を見た者はなく、最後の秘剣を使える者はいまだ現れておりません」

仮に又右衛門が生存していてもすでに九十歳。完成させたなら姿を見せていようし、その年齢になって完成できていないならもはや望みはないだろう。半兵衛は又右衛門の生存を信じていないし、嘉十郎も同様らしかった。

「又右衛門様が最後の秘剣を使われるのを見た方はまだ何人かおられるが、どういう剣であったか、しかと語れる方はいない。わしもどうにか又右衛門様に直接剣を教えていただく機会こそあったが、それを見るのはかなわなかった。又右衛門様が苦しげに、使おうとしても五十に一度も正しく使えんとおっしゃっていたのを憶えているまでだ」

嘉十郎はなお抑えるように言った。

「焦るなよ、半兵衛。地道に鍛錬を続けるのだ」

しかし半兵衛は二十三歳の時に郷里を離れた。いかにこれまでの鍛錬を続けようといっそうおのれの限界を感じさせられるばかりであり、廻国修行をすればまだ希望があるかと火に焼かれるように飛び出さずにはいられなかった。

逃げであるのも自覚していた。無偏流は他流試合を禁じておらず、人気がある道場であれば挑んでくる者も多く、外の者と剣を交える機会に事欠かなかった。道場の師範代であった半兵衛はそういった腕に覚えのある者を手もなく倒し、それどころかどこが悪く、どうすればより強くなれるかの指導までしていた。

近隣で半兵衛にかなう者はなく、多少場所を変えたとはいえ、廻国修行で何かをつかもうとは奇跡を願うも同じだった。そもそも又右衛門が同様に里を出て帰らぬ人となったのである。期待する方がどうかしていた。

事実半兵衛は廻国修行を二年続けたが、無為であった。確かにおのれより強い剣客に出会い、学ぶ点はあったが、想像を越える内容はなかった。むしろ相手が無偏流の明瞭な教えから多くを学んでいると感じられたほどだ。

新たな剣の地平が拓(ひら)ける予感すらなく、おのれにさほどの力はないという確信が募るばかりだった。

そんな冬も間近となった折り、半兵衛はとある峠の麓(ふもと)の村で、こんな奇異な話を耳にした。

「雪女が峠に現れ、通りかかる者を襲って殺していると?」

そのような化け物を頭から信じる半兵衛ではなかったが、村人の声は被害に苦しむ者の切実さに満ちていた。

「はい、三月(みつき)ほど前から、昼でも夜でも刀を手にあの峠を越えようとする者がいるといつの間にか白い霧らしきものに囲まれ、襲われるようになったのです。見た者によりますと、真っ白な着物の黒い髪をした、それはそれは美しい姿の雪女だと」

「襲うのは刀を持った者だけか？」

訊き返した半兵衛に村の者は雪女への恐れを隠せない顔で肯いた。

「はい、その雪女はお侍様に恨みでもあるらしく、刀を持っていない者はそのまま峠を越せますし、持っていても刀を捨てて逃げ出せば襲ってこないのです」

そのため峠を無事越えられなくもないが、仮にも武士が雪女怖さに腰に差した大小を捨てるなどできるわけもなく、捨てれば捨てたで国許で切腹させられかねない。結果、すでに何十人もの侍が峠に屍をさらしているという。

刀を持った者しか襲われないので、一緒にいても何ら傷を負わずに済んだ者も多く、武士でなくとも護身用に刀を持っていただけの者がそれを捨てて逃げ、助かったという例もあるという。

それらの話からこれが虚言や戯れの妖怪談ではないと半兵衛も実感できた。商用にも使われる峠のため、そのような蛮行が続くのは藩としても看過できないと腕に覚えのある者達を峠に向かわせ、雪女の正体を暴かんとしたが、ことごとく返り討ちにされているともいうのだ。

藩で一番の使い手とされた一刀流の達人でさえも、刀を右手に握ったまま首を切断された状態で発見されたという。

これまで雪女に遭遇して無事に済んだ者によると、雪女は氷で作った刀を手に襲ってくるのだそうだ。雪女らしい妖異な術で命を奪うのではなく、武士の魂である刀で襲ってくるとなればやられた侍もおのれの未熟を恨むしかなく、いっそう雪女は侍に恨みがあるという噂が広まっているという。

これに半兵衛は狂喜した。

「好機である。無偏流は理を追求した剣。その理によって俺はおのれの剣の限界をまざまざと見た。ならば人の理を越えた妖怪と立ち合えば、違った剣の理を見られるかもしれん。あやかしを見事斬れれば、おのれの限界を越えられるかもしれん」

なまじ人と立ち合うから変化がないのである。理を越えた経験、理を越える境に身を置けば、新たな地平が見えるかもしれない。いや見えないわけがない。

半兵衛はかくて刀を腰にその峠へ向かうのを決めた。村の者達は、

「やめなされ、よほど腕に覚えがあるのでしょうが、これまでそんな者が何人も雪女に討たれております。五人のお侍様が連れ立って峠に参られた時も、翌日には麓に五人揃って屍が並べられておりました。皆、一刀のもとに斬り殺されていたといいます」

と止めたが半兵衛は聞かなかった。この機を外せばおのれは一生半端な剣を身につけた者として過ごすしかなく、それは屍も同然と思い詰めていた。

これで雪女に討たれて終わるなら、剣の道は我になかったとあきらめがつこうと、夕刻

を前に峠の半ばまで登っていった。

　そして半兵衛は、まさしく雪女と遭遇した。


「ありがとう、岩永さん、相談を受けてくれて。僕のことなんかとうに忘れているかとも思っていたから」

「ほんの二年前まで同じ部活にいた男子を忘れるほど記憶力は悪くありませんよ」

　秋場蓮が心底ほっとした風に言うのに、いったい岩永をどんな不人情な同窓生と思っていたのか質（ただ）したくもあったが、相談を受ける義理はないと考えてはいたので蓮はあながち間違っていないかもしれない。

　十二月十六日、金曜の午後二時過ぎ、岩永はとある繁華街のカラオケボックスの一室にいた。歌を歌うためではなく、一定のプライバシーを確保しつつ腰を据えて話をするには最も適しているので、ここが選ばれたのだ。飲み物にも困らず、料金も割安なので、学生が集まるには手頃だろう。

　岩永はこういった場所には初めて入り、ドラマやニュースくらいでしかその構造やシステムを知らないので不案内な点もあったが、防音設備が整い、静かに話がしやすいのは確かそうである。

コの字型に赤色のソファが設置され、中央にテーブルがあり、そこにマイクが並べられている。大きな液晶モニターが正面にあり、タンバリンやマラカスといったものまで用意されていた。

「今日はわざわざありがとうございます。あらためまして、白倉静也といいます」

注文した飲み物が届いた後、蓮の友人であり、今日の相談を持ち込んだ青年が向かいに座ったまま端正に頭を下げた。背はそれほど高くなく、百七十センチあるかないか。全体的に細身で、顔立ちは女性的なところがあり、肌の色も目を引くほど白い。体つきは一見華奢ではあるが姿勢が良く、少々の風や地震では揺るぎもしない安定感があった。よく鍛えられた日本刀といったところだ。

まず美青年と言っていいだろう。目は鋭利ですっきりしており、どこか憂いを含んだ色もある。名を成した剣客の末裔だそうだから、この静也も剣を使えるのかもしれない。時代劇では美剣士として主役でも敵役でも担って人気を得られそうだ。

静也は続ける。

「以前から岩永さんのお噂は聞いていました。僕が抱える悩みに何らかの答えを出してくれるのはこの方くらいだろうと思っていましたが、ご相談できるだけの伝手もなく、あきらめていました。けれど最近、友人の秋場が高校時代、三年近く岩永さんと同じ部活にいたと知ったんです。そこでのご活躍のほども聞いて、やはりあなたに話だけでも聞いてもらえないかと、無理を言って頼みました」

岩永は静也の隣でコーラを飲んでいる蓮を見遣った。

「いったいどう私を語ったんです？」

「どうって、誇張なしの事実を」

蓮は目を逸らしながら言う。

「もっと詳しく」

「噂通り、どんな不思議で怪異な出来事でも合理的に解決してそれらを否定する人だって。あとその解決の仕方が怪異や不思議な力を使ったみたいに見えるとも」

「怪異の力を使って怪異を否定するって説明、矛盾を感じませんか？」

「でも当時から天知部長も風間さんもそう言ってたし」

蓮は責任を他の部員に分散させようとする。高校時代、ゆえあって岩永はミステリ研究部という所に属しており、謎めいた事件やトラブルの解決を少なからず行ったりもした。そして蓮の言う通り、裏で怪異の力も利用してそれらの謎を処理していたので、部員の観察は正しかったりする。

とはいえそんな矛盾した説明を聞きながらなお岩永に相談せずにはいられないとは、この静也という青年はよほど厄介な悩みを抱えているらしい。蓮も高校時代から気弱なせいか、頼み事を断れず部に相談を持ち込むことが何度もあった。今回も静也によほど懇願されて岩永に怖々と連絡を願ったのだろう。

「噂は知りませんが、私は幽霊も妖怪も宇宙人も信じない科学を重んじる現実主義者ですよ」

一部嘘を交えて岩永は静也に対し苦笑してみせた。宇宙人とはあいにく縁がないが、妖怪とは親しいし、幽霊はこのカラオケボックスにも存在して、来店した岩永にかしこまって挨拶してきたものだ。

それからクリームソーダのストローをくわえつつ、話を促す。

「それでご相談とは？　せっかくのご縁です、聞くのはやぶさかでありません」

岩永としてはどうも妖怪変化の絡む内容であるため、適当に流す心づもりもない。

静也は腹を決めた顔になると、矢庭に語り出した。

「僕の家は江戸時代から代々無偏流という剣術を伝えていて、それに今回の相談が深く関係しているんです。剣術と言うと一般には柳生新陰流や天然理心流、一刀流や示現流といったものが知られていますが、当時はその理の明瞭さと実際の強さで無偏流は人気があり、門下生が全国で三千を越える時もあったといいます。明治の廃刀令にともなって剣術が絶対必要ではなくなり、さすがに流派として以前ほどの力はありませんが、その理論は現代剣道にもつながり、今も道場を構えてその名と教えを伝えています」

静也はひと息にそこまでしゃべると不安そうに声のトーンを落とした。

「女性には剣術の流派と言ってもイメージが湧きませんか？」

剣術に思い入れが強いのか語り出すと熱が入り過ぎ、女性の聞き手を戸惑わせた経験があるのだろう。

静也に遠慮されては話の進みが悪くなるので、岩永はにこりと笑ってみせる。

「円月殺法くらいは知っていますよ」

「それはフィクションの人の技だよ」

蓮があきれた調子で言うが、有名な剣の技には違いない。

静也が真顔で蓮をたしなめる。

「まるで知らないよりは話がしやすいよ」

「でも普通はまず有名な剣豪の名を出すものじゃないか？」

岩永は仕方ないので知っている剣豪の名を挙げてみせる。

「新免無二斎（しんめんむにさい）や柳生宗冬（むねふゆ）くらいなら知っていますが」

「それ、わざと有名な人を外してるよね？　実はけっこう知識あるよね？」

蓮がげんなりした表情をしたが、これくらいの冗談を解しないのはどうかと思う。ちなみに無二斎は宮本武蔵（みやもとむさし）の父とされる人物で、宗冬は柳生十兵衛（じゅうべえ）の弟である。

蓮はすでに疲れた様子で静也に請け合った。

「岩永さんは基本、人が悪いけど、やる気もないのに動いたりはしないから。いつもの調子で剣を語っても理解してくれるし、雪女との関わりもわかってくれるよ」

　静也は岩永の諧謔（かいぎゃく）を好意的に取ったのか、白い肌を幾分血色良くして再び口を開く。

「無偏流の開祖は井上又右衛門正勝といい、その剣術は当時としてはきわめて合理的なもので、剣の振り、足さばき、さらには鍛錬の方法までこまかく、数字や具体的な目安まで出して教えるものでした。基本は無偏流の名の通り、どこかを偏って鍛えるのではなく、利き手、利き足の差異なく全身を均衡良く鍛え、自在に動けるようにすべし、というものでした」

　そんな剣術があったとは岩永は初耳だった。江戸時代にしては随分近代的と言うか、西洋的な発想が見受けられる。武道に留まらず芸道においても日本は精神的なもの、神秘性を強調するためかその本質を明瞭にするのを避ける傾向がある。明瞭にしづらい面があるにしてもだ。

「そのため無偏流の教えはわかりやすく、特別剣の才能に恵まれずとも真面目に修行すればいっぱしの剣士になれると言われたそうです。武士として生まれても剣が苦手な者にとってこれ以上の剣術はありませんし、強くなりやすいため人気があったといいます」

「けれどそれは悪い評判にもなりますね。無偏流を学ぶのは剣才のない者だ、と軽んじられかねませんし、入門したがらない者も出るでしょう」

　わかりやすいのは底が浅いからだと捉え、秘密めかしたもの、難解なものを位が上とありがたがる傾向も人には見受けられる。

静也は話の流れでその指摘がまさにほしかったように肯いた。

「はい。実際そういう評判をわざと立てる向きもあったそうです。けれど開祖又右衛門の凄いのは、そういった明瞭な基本から剣術を発展させ、より高度な剣技と理論を打ち立てたことです。無偏流はわかりやすいけれど、その真髄に近づけば近づくほど技を実践するにはいっそうの鍛錬が必要となり、その領域に至るほどの腕となれば他の流派の師範でもかなわぬ強さであったといいます」

逆に言えば他の流派からすると悪い評判を立てたくなるくらい人気があり、結果も出していたのだろう。

岩永はソーダに浮かんだアイスクリームにスプーンを入れた。

「なるほど。実践は難しくとも理論が明瞭なら修練はしやすくなる。才能がなくとも努力さえ続ければいずれ達人の域に至れるとも思える。実際は時間は有限だから加齢とともに体力は落ち、修行もできなくなるから努力だけで至れる境地はたかが知れている。結局才能がないと達人にはなれないけれど、才能がいくらかでもあれば効率良く一流になれるわけですね」

静也は岩永の理解が的確過ぎるためかちょっと気圧された様子を見せた。噂には聞いていても、実際の岩永の外見は中学生かと見紛うほど幼く、その能力に対する疑いがどこかあったのだろう。カラオケボックスに岩永がベレー帽をかぶり、赤いコートをまとってステッキを突きながら現れた時も、蓮にこの人で間違いないかこっそり尋ねていたくらいだ。

静也は背筋を伸ばし直した。

「現在のスポーツ科学や人体の知識に照らし合わせると又右衛門の剣術にはいくつも間違いはありますが、当時の他の流派に比べれば格段に理論化され、人に教える剣術としては最高レベルのものだったと思います」

やはり静也も家に伝わる剣術を修行しているのだろう。剣道でも高位の段を持っているかもしれない。佇まいに隙がなく、目に鋭さがあるのもそれが一因か。

静也は柔らかいソファから立ち上がり、テーブルに置かれていたマイクをひとつ手に取るとそれを刀に見立てて体を動かす。

「そして無偏流には奥義として特に三つの秘剣があります。ひとつは『落花』。簡単に説明すると片手で剣を横薙ぎに振るって通常よりも遠い間合いから相手を斬る技です。その体勢や足さばきまで又右衛門は詳細に記し、弟子に伝えています。その通り動けば技の再現はできますが、それに必要な筋力、体幹、呼吸、間合いの見極めを身につけるのは容易ではありません。けれど技に至る道ははっきりしているんです」

右足を大きく前に出し、左足を後ろに遠く残しながら右手に握るマイクを横に薙ぐ動きをする。それが『落花』の一応の型なのだろう。

技の名は花を切り落とすごとく相手の首を落とすといった意味からか。かなり無理な体勢で、たとえ剣先が相手に届いてもその身を断ち斬るだけの力を刀に乗せるには途方もない技量が必要そうだ。

「ふたつ目は『弓張り月』。これは下段の構えから半月を描くように剣先を跳ね上げつつ片手突きを行う技です。相手からするとかなり離れた間合いで下がっていた剣が突然消えて見え、その時には体を貫かれている結果になります。こう言うと簡単な技に思えますし、その実践の理論は明瞭ですが、再現に要する鍛錬は生半可なものではありません」

同じく静也は『弓張り月』の型を見せる。弓張り月とは半月の別名で、下段から突きの形に剣先を上げる軌道を表しているのだろう。これもまた姿勢といい足さばきといい、瞬間的には難しい形を強いられる技らしい。片手で剣の柄頭のみを握った体勢で突き入れる型はフェンシングを思わせなくもない。

静也は足を戻し、岩永を向くとマイクをテーブルに置きながらソファに座って言う。

「そして問題なのが最後の秘剣、『しずり雪』。又右衛門はこの技だけはその理を明瞭に説明できず、また自身でも自在には使えず、弟子に技を見せるのにも苦しんだといいます。又右衛門はそれを恥じ、五十五歳の時、『しずり雪』を完成させる修行に出ると書き置きを残して失踪、以後、消えたままになりました。妻子を早くに亡くして独り身で、弟子を信頼していたからできたのでしょうが」

ここまで話して静也は烏龍茶(ウーロンちゃ)を口にし、息をひとつ吐いて続けた。

「無偏流は又右衛門が消えた後も高弟によって広まり、名を上げていました。優れた弟子が多く、教えが明瞭なため、開祖がいなくとも広めるのに支障はなかったんです。また皮肉になりますが明瞭な中にひとつだけ不明な剣があるというのが一門の中で求心力を上げた面もあります。『しずり雪』を身につけねば無偏流を極めたとはならず、そのため他の流派へ移らずにいっそうの鍛錬をするといった具合に」

確かに皮肉ではある。開祖が失踪してそれきりになったというのも謎めいたところがあり、魅力を与えているかもしれない。

「わかりにくく神秘的な方が人は引きつけられるという真理が勝ったわけですか」

岩永のそんな感想にも、静也は凜(りん)として言う。

「しかし又右衛門失踪から三十八年後、時の将軍が徳川家斉の頃、幻となっていた『しずり雪』の技を会得し、その理まで解き明かした人物が現れました。白倉半兵衛英昭(ひであき)。当時二十五歳。彼によって無偏流は完成に至ったんです」

岩永はちょっと訝(いぶか)る。完成は喜ばしいはずだが、静也の表情にはどこか憂いがある。

「そして白倉半兵衛はとある峠で妖怪の雪女と遭遇し、それを斬ることによってこの『しずり雪』に開眼したと伝えられています」

明瞭が旗印といった剣術に雪女という怪しげなものがいきなり入り込んだ。それも流派の完成のきっかけという深いところに。

「そのため無偏流と雪女は切り離せないものとなったんです」

雪女のように白い肌の青年は笑みもせずそう言い切った。


岩永はエメラルドグリーンのソーダを一度かきまぜ、なるべく穏やかに尋ねる。

「その雪女を斬った白倉半兵衛があなたの先祖に当たるわけですか？」

静也は肯いた。

「はい。ただし半兵衛は生涯独身で、その養子が家を継いだので僕と血はつながっていないはずですが、家系の上で先祖には違いありません」

引っ掛かりのある表現をしたが岩永は触れず、雪女について少々掘り下げてみる。

「雪女といっても地域によっては雪女郎や雪おなごとも呼ばれ、若い女性の姿であったり老婆であったり様々な語られ方をします。男を襲って精を奪ったり、子どもをさらったり、その害の成し方も違いがありますが、どういう雪女を斬ったんです？」

「その雪女は若く美しく、着物姿で昼夜問わず峠に現れ、刀を持った人間を襲い、氷で作った刀を手に斬殺（ざんさつ）していったといいます。刀を持っていなかったり刀を捨てて逃げた人間は襲わなかったそうです。けれど峠を越えようとする集団の中に刀を持った者がひとりでもいれば、たちまち白い霧のようなもので周りを囲い、襲いかかってくると」

静也は感情が抑えられた口調で答えた。岩永は少し考え込む。これにはまるきりの作り話ではない気配がした。

「襲われても無事な者がいたなら、雪女を目撃した者も多かったんですね？」

「はい。だから藩からも腕の立つ者がその峠に送り込まれているんですが、何人も返り討ちにあっています。犠牲者の名前も残っているくらいです。麓の村ではその雪女は侍に深い恨みがあったと伝えられています」

「峠で武士に乱暴されたあげく斬り殺された娘が雪女に生まれ変わって現れた、といった背景でもありそうですね」

怪異などあるわけがないと言った岩永が雪女の実在を認めるみたいな発言をすると変な反応をされそうだったが、静也も蓮も無粋な指摘はしなかった。

「雪女が現れた事情は不明ですが、その峠で実際に多くの被害者が出ていたのは事実です。廻国修行中にあった半兵衛はそれを知り、周囲が止めるのも聞かずひとり峠に向かったといいます」

静也の説明に岩永は頭をかいた。

「物好きと言いますか、白倉半兵衛とはどういう人物なんです？」

いくら江戸時代でも徳川家斉が将軍の頃なら十八世紀末か十九世紀初頭。もののけや化け物の存在感も薄まりだした頃ではないか。そんな時代に妖怪の出現を頭から信じて峠に向かったとなればよほどおかしな男だろう。

取り方次第では先祖を痴れ者扱いしたとも取られかねない岩永の言い種ではあったが、静也は気を悪くした風もなく事情を明かし始めた。

「半兵衛は当時おのれの剣の未熟さに追い詰められていたといいます。ただ半兵衛は小さい頃から無偏流を学び、周囲から俊才と呼ばれ、二十歳にして『落花』と『弓張り月』の秘剣を会得したほどの剣客です。彼ならいずれ『しずり雪』にも開眼するだろうと、師である中川嘉十郎からも言われていたくらいで」

自己評価の低い男だったのか。自意識過剰よりはましかもしれないが、飛び抜けた才能があるのに未熟と嘆かれては、周囲の非才はさぞ気まずかったろう。

岩永がストローをくわえてソーダをすすっている間にも静也は語る。

「けれど半兵衛は才能があるゆえに、自身の限界もはっきり見えてしまっていた。自分では『しずり雪』をとても会得できそうにないと。もともと半兵衛は剣には不向きな男子だったと伝えられています。体は大きくなく、普通の男子と比べて細身で、色白で整った顔立ちから女性と間違われたりもしたとか。言い換えればかなりの美男で、周囲の女性から人気もありました。本人は剣士としては恵まれていない体格や細腕にコンプレックスがあり、女性に囃されても迷惑がっていたそうですが」

岩永は静也を観察し直す。血はつながっていないと言ったが、半兵衛はこの静也の外見に近かったのではないか。

「そして半兵衛はおのれの限界を越える道を探し、二十三の時に廻国修行に出ますが二年経っても得るものはなく、絶望の淵にいたところに雪女の噂を聞いたんです」

「なるほど。理外の妖怪と立ち合えば、理を越えた理を得られるかもしれないと考えたわけですね」

岩永は当時の半兵衛の心境を正確に読んだつもりだ。もっと言えばその青年にはカウンセリングが必要だったのではないかと思ったが、そこまでは表明しない。

「ご明察です。無偏流の理によって限界を突きつけられていた半兵衛は、敵が妖怪だからこそ活路があると踏み込んだわけです」

静也は皆まで言わずとも理解を示す岩永に敬服の眼差しをした。

「それで雪女と本当に遭遇し、斬ることができたと？」

「はい。夕刻前に村から峠に向かった半兵衛は、夜半になって再び村に現れ、雪女を斬り殺したと告げました。その装束にはあちこち刃物で斬られ、血のにじんだ跡があり、半兵衛自身も峠に向かった時に比べ精も根も使い尽くした様子だったため、村人達にはただならぬ戦いをくぐったと見えました」

もし本当に雪女と刀で立ち合って斬れたとするなら、半兵衛はまさに理外の境地に踏み入っているが、岩永にはとても可能と思われない。

雪女ならば宙を飛び、刀の間合いの外からでも人を倒す方法をいくつも持っている。雪と冷気をあやつり、剣客などたやすく凍死させられる。氷で作った刀で斬るのにこだわったとしても、雪女がよほど油断でもしない限り斬り殺されるなどありえないだろう。

「半兵衛は言葉少なに雪女との死闘を村人に語りました。そしてその死線の中で秘剣『しずり雪』の極意をつかみ、かろうじて雪女を袈裟斬りにできたとも。しかしまだその『しずり雪』は不完全であり、理もしかとはつかめていない。雪女を斬った感覚を忘れぬうちに修行にかからねばならない、と村人に山籠もりのための準備を願い、翌日の夕刻にはまた旅立ったとのことです」

渇望した剣の極意をつかんだのなら、取り落とさないうちに抱え込みたくもなる。行動としては不自然ではない。

岩永は推し量る。どこまでこの話に真実が含まれているか。

静也がそんな邪推を禁じるごとく言った。

「雪女は以後峠に現れず、刀を腰に差して越えようとも何ら怪異と出遭ったりはしなくなっています。これらは村や藩の記録に残っている事実です」

「いえ、そこまでは否定しませんよ」

岩永は右手の人差し指を額に当ててみせた。静也は懐疑的な岩永を非難する調子もなく、先祖の偉業について語る。

「半兵衛はふた月ほど後に郷里に戻り、師の嘉十郎に『しずり雪』を見事修めた報告を行いました。さらに道場の高弟を相手に嘉十郎の前で『しずり雪』の技を見せ、どの相手にも竹刀を振らせさえせず、先に打ってみせました」

「『しずり雪』は幻の技であったのに、半兵衛が実演したそれが開祖又右衛門のものと同じとなぜわかります?」

岩永は半兵衛が独自の技に書き換えた可能性を挙げてみせたが、静也は即座に否定してみせる。

「幻ではありますが、又右衛門はどういう技かの概要は残していました。その概要と半兵衛の技は一致しています。それに当時、まだ又右衛門の『しずり雪』を見た弟子が何人か存命していました。その者達にも半兵衛は技を見せています。その者達は落涙し、膝をついて半兵衛に頭を垂れ、無偏流の完成を祝しました」

三十年以上前に消息を絶った開祖の幻の技を運良く見られた弟子というから皆、五十歳は越えていそうだ。それが白肌の美剣士を伏して讃える光景を岩永は想像し、剣の世界の深さを思った。

「半兵衛は『しずり雪』を自在に使え、さらにその理を詳細に説明し、明瞭な言葉に表すことができました。これによって無偏流は完成となったのです。それら無偏流の極意を記した書は我が家に伝えられており、当時から他流派であっても実力のある者には隠さず目を通させたそうです」

岩永はひとつ首を傾げた。

「流派の秘剣や極意は通常隠すものじゃあないのですか？　他の流派に手の内が知られると立ち合いもやりにくいでしょう」

手の内が知られれば不利になる場合が多いはずだ。流派によっては秘剣と言ってもタネを知れば破りやすい、ある種の奇襲やだまし討ちに近い技もあると聞く。

「無偏流において手の内が知られて負ける剣は所詮そこまでのもの。知られてなお勝つのが本物と又右衛門は残しています」

透明性は立派な心掛けだが、どうやら開祖又右衛門はどこまでも剣から神秘性を剥ぎたかったらしい。

静也はきっぱり言う。

「裏を返せば流派の教えや極意がわかったからとたやすく真似たり破ったりできるものではなく、何をするにも地道な鍛錬を必要とするため、知られても恐れなかったのでしょう。『しずり雪』にしても理屈はわかるのですが、再現するにはどれほどの才能と努力が必要かと思わせられるものです」

ここで蓮が口を挟んだ。

「理論上は可能って表現、大抵は不可能って意味になるよね」

岩永も同感だったが、身も蓋もない。

「ではその『しずり雪』は半兵衛にしか使えなかったのですか？」

余裕を持って静也は首を横に振る。

「半兵衛逝去後も、二人が使えるようになっています。つまり半兵衛の理論が正しかった証でもあります。その二人以降に使える者が出なかったのは社会的にそこまでして剣を磨く動機がなくなったのが大きいでしょう。半兵衛から三代も下ればもう二十世紀ですよ」

先程静也が言っていた廃刀令が確か一八七六年。十九世紀の末には刀は非日常の道具になるのだ。

岩永はどれほど執念と生命を賭けて築いても呆気なく失われる道を思って少々同情した。ついこんな感想も述べてしまう。

「十九世紀半ばの戊辰戦争でも、心形刀流の天才として知られる伊庭八郎が剣を持って奮闘したといいますが、結局近代兵器によって戦死しています。剣術に優れていても尊敬される機会は消えていき、明治も過ぎれば会得するのも至難な秘剣に挑む者は現れにくいでしょう」

すると静也が目を丸くしていた。

「心形刀流とはよく知ってますね」

「だから岩永さんは怖いんだって」

蓮が余計な合いの手を入れているが、情報化社会を甘く見てはいけない。知らないうちに刀剣や剣術に詳しい女子が大量に生まれたりしているかもしれないのだ。

静也が咳払いした。

「話を戻します。半兵衛はその後、師の道場を継ぎ、無偏流をさらに隆盛させます。そして半兵衛はおのれが『しずり雪』に開眼したのは雪女との立ち合いによるもの、雪女のおかげであるとことあるごとに語っています。藩での御前試合をつとめ、『しずり雪』の極意について問われた際も、雪女の存在を讃えんばかりに話しているほどです」

「妖怪を斬って開眼したとは話として面白いですが、ひとつ間違うと胡乱な剣と馬鹿にもされそうですが？」

岩永はこの引っ掛かりは口に出した。静也は肯き、丁寧に答える。

「当時の空気は正確にはわかりませんが、今よりはまだ妖怪変化を信じられる時代で、そういうものかと受け入れる者もいたようです。また半兵衛が並の剣士であれば笑い物にもできたでしょうが、幻とされた秘剣をもったいぶらず振るえるのです。達人しかわからぬ理由があってそう語るのだろうと捉えた向きも多かったと思われます」

「雪女について敢えて広めていたわけですか。いや、そういう理外のものでもいなければ到底振るえそうにない剣と見えたのか」

妖怪について強調した方が秘剣を会得した経緯に神秘性が付与され、逆に説得力が増すとも考えられる。開祖又右衛門が剣術の透明性を目指したのとは正反対であるが、戦略としては悪くない。とはいえ岩永としては結論をまだ出せない。

静也は淡々と語る。

「雪女と無偏流の関わりについては有名になり、弟子の中には明瞭が看板である無偏流にそんな怪しげなものを混ぜるのはどうかと苦言を呈する者もいました。けれど半兵衛は聞かず、雪女について語り続けたといいます」

「雪女のおかげで極意を得たわけですから、峠で大量殺人を行っていた妖怪でも恩義を感じるべきかもしれません。供養も込めて名を語り続けたのでは？」

「ええ、そんな風に白倉家には伝わっています。また半兵衛は峠で雪女に討たれた者達の供養もきちんとして欠かさなかったといいます」

静也が認めたので、岩永はもう少し穿った見解を述べてみる。

「逆に半兵衛は雪女の報復が怖かったのかもしれません。そう存在を讃えることによって斬り殺した恨みを逸らし、化けて出てこないのを願ったのかも」

あなたのおかげと感謝を示されれば斬り殺された方も少しは怒りを和らげるかもしれない。礼節を重んじる武道にもかなっていよう。

するとまが怪しむように言ってくる。

「妖怪が化けて出るっておかしくない？　それに岩永さん、幽霊も妖怪も信じてないんじゃ？」

「当時の人はそう考えるかもというだけですよ」

妖怪は化けて出ないが、その仲間や身内がやり返しに来るおそれはあったかもしれない。そうなれば化け物達の知恵の神として、喧嘩両成敗として報復を止める流れになる確率の方が高そうだが、まだこの段階でははたして雪女が峠で大量殺人を行ったのか、半兵衛が本当に雪女と立ち合ったかも断定はできない。

静也は岩永の茶化すような解釈に機嫌を損ねるどころか、目を見張った風な間を取った後、こう続けた。

「半兵衛は生涯独身ではありましたが、郷里に戻って五年後に養子を取り、その子を後継として育てます。しかしそれからさらに十年後、半兵衛は謎の死を遂げます」

岩永はクリームソーダのアイスクリームを口にし、スプーンを上げた。

「謎の死、ですか」

いったいどういう悩みが一連の剣術奇譚の中にあるのかとそろそろ疑問になっていた

が、それらしく暗い話が現れた。雪女の報復もない話ではなかったらしい。

「半兵衛四十歳の時、十一月の頃です。半兵衛の道場と自宅屋敷は一緒になっていたのですが、道場に門下生がおり、稽古に励んでいる日中、半兵衛は自宅の庭先に稽古着姿のまま血まみれで倒れているのが発見されました。そばに太刀と鞘が落ちており、頸動脈を切られていました」

長い睫毛を揺らして静也は沈痛そうに語る。

「道場で指導の途中、厠に行くと席を外した半兵衛がなかなか戻らないのを不審に思った門下生数人が探しに出て、その半兵衛を発見したといいます。発見時に半兵衛はかろうじて息があり、門下生達に囲まれ、いったいどうされたのか、誰がこのようなことを、と混乱の中訊かれたのに、かすれた声でこうもらしたといいます」

岩永は静也の視線を真っ直ぐ受けてその言葉を聞いた。

「ゆきおんな、と」

あらかじめ蓮はこれらの内容を聞いていたのか驚いた反応は見せていなかったが、友人の語る調子が思うより深刻だったからか、少し表情を戸惑わせていた。

静也は変わらず続ける。

「そのまま半兵衛は絶命しました。失血死だったようです。そして門下生達は半兵衛最期の言葉が、自分を斬った下手人の名を告げるようだったと証言したそうです」

ゆきおんな、雪女。岩永はますますこの相談事を厄介に感じてきた。

静也が雪女の実在をさらに強調する。

「それはまるで、十五年前半兵衛が斬った雪女の身内の化け物が仇討ちに来てやったのではないか、と思えるものだったと」

さすがに斬り殺した雪女が化けて出てきたという解釈まではしなかったらしい。

「半兵衛の首の傷は前方からつけられたものであり、他に傷は見当たらなかったといいます。半兵衛は真正面から刀でやられたと考えられるものでありました」

「落ちていた刀は半兵衛のものだったんですか？」

「わかりません。屋敷には刀が何本もありましたが、正確な数を知っている者はなく、そのひとつかもしれず、犯人が持ち込んで半兵衛を殺すのに使い、捨てていったとも考えられます」

よほどの業物でなければ所有者はわからなかったかもしれない。十九世紀ではまだ指紋検出はおろか、まともな科学捜査も行われない。調べるのも難しかったろう。

岩永は一応出来事の矮小化を試みてみた。

「それで犯人探しはどうなりました？　妖怪を犯人に仕立てずとも、単なる殺人事件じゃあないですか。御前試合もした名高い剣客の死です、奉行所もおざなりな調べはしなかったでしょう。状況からすると、屋敷に盗みに入った泥棒が弟子への指導を中座してきた半兵衛と鉢合わせして凶行に出た、といった説明でも問題ないでしょう。落ちていた刀も泥棒が屋敷から盗み出そうとしたのを凶器として使ったとか」

「当時、半兵衛は四十歳とはいえ剣において無双と言われ、他流試合も頻繁に行いながら無敗を誇っていました。その半兵衛を正面から刀で斬り殺せる使い手がいたとは考えられません。たとえ半兵衛が丸腰の無手であり、後ろから斬りかかられても返り討てたはずです。鉢合わせした泥棒ごときにとても半兵衛を殺せません」

やはり静也はそう反論してきた。江戸時代、すでにこんな問答はされていそうだ。

「では半兵衛が自害したというのは？」

一番ありえる決着であったが、これもあっさり切り返される。

「動機がありません。半兵衛の道場は入門者を制限するのに苦労していたほどで、藩の剣術指南役にとの声もあり、大名に気に入られて城中への出稽古も行い、暮らしにはまるで困っていません。当時も自害の可能性を考慮されたといいますが、半兵衛の生活は見事なまでに清廉で、ひたすら剣に生きて女性関係の噂ひとつなく、後ろ暗いところがまるで見当たらなかったんです」

「なら四十歳になっておのれの剣の衰えをはかなんで死を選んだとかは？」

「半兵衛の『しずり雪』の秘剣は歳を重ねるごとに凄味を増していたといいます。いずれは無偏流に新たな秘剣を創出し、近いうちに独自の流派を立てるのでは、とまで期待されていたんです。かつて又右衛門に師事した弟子達でさえ、もはや白倉無偏流を名乗ってもいいのではないか、又右衛門様も喜ぼうと勧めていたくらいで。なので衰えをはかなんでの自害もありえません」

蓮は岩永の意図を測りかねる表情で友人を援護する。

「岩永さん、自害するにも弟子達の指導の途中に抜け出して自宅の庭でやるっていうのは唐突過ぎて無理があるよ」

「用を足しに抜けただけだったのが、その過程で不意に自害する動機が生まれて衝動的にやった可能性は?」

岩永はまんざらでもなくありえると挙げてみせたが、蓮は常識を疑うとばかり肩を落とした。

「どんな状況だよ」

「不意の客があって、その人物から絶望的な知らせを受けたといった状況ですよ」

このケースもとうに想定されていたのか、静也は躊躇(ちゅうちょ)なく首を横に振った。

「当時、来客はなかったといいます。屋敷に門はありませんが道場を含めて塀に囲まれ、気安く誰かが中に入っては来られません。半兵衛が屋敷の外に出た形跡もなかったと残されています」

「その分では泥棒が忍び込んだ形跡もなかったんでしょうね」

「はい。妖怪やもののけが空を飛んで忍び込んでいた可能性までは排除できませんが」

妖怪なら痕跡を残さず、誰にも勘づかれない侵入も可能かもしれないが、だとすれば自害説を取るより雪女の身内に半兵衛が殺されたとした方が説明としては単純だ。

蓮が幾分か現実的な否定理由を立てる。

「他にも武士なんだから、自害するなら首を切るより切腹を選ぶんじゃないかな」

武士の誉(ほま)れとして切腹は尊ばれていたかもしれないが、これにも岩永は異論がある。

「切腹は自害の方法としては不確実です。人間、腹を切ったくらいではなかなか死ねません。死ぬにしても苦しむ時間が長く、手当が早ければ助かったりもします。よって切腹の際は介錯(かいしゃく)として首を切る者が用意されるんです。さらに実際の切腹の事例でも腹を切る真似だけし、介錯の一刀のみで死ぬものもあったくらいです」

短刀の代わりに扇子を使って腹を切る動作だけさせ、介錯人によって首を落とさせるといった作法もあったらしい。

「介錯なしの切腹で自害の方がむしろないでしょう。万一にでも助かりたくなく、確実に素早く死にたいなら頸動脈(けいどうみゃく)をかき切るというのは選択として適切です」

岩永も現実的な根拠で反論したが、蓮が少し身を引いた。

「なんだか身内に切腹した人がいるみたいに言うね」

「大丈夫、その人は死んでいませんから」

以前、恋人の桜川九郎が腹を裂かれる経験をした際に、あれくらいでは死ぬより先に体が修復されると言っていたのである。九郎は痛みを感じず不死身なので参考としては不適切かもしれないが。

いっそう蓮が身を引きたそうにしたが、静也は深くため息をついて岩永の反論に応じる。

「それでも動機がないのは変わりません。自害説は当時すぐに否定されています。かといって半兵衛を殺せる者がいなかったのも変わりません。なぜ最期に『ゆきおんな』と口にしたのかも不明です」

雪女を斬った報復で殺されたとすればそれら全てが説明できる。妖怪がその力を本気で発揮すれば無双の剣客でも動けなくして頸動脈を切り裂くくらいは可能だ。犯人が十五年前に殺した雪女の母とか姉とか妹であれば、半兵衛も『ゆきおんなにやられた』と言おうとして途中で事切れたとなる。

「結局犯人はわからず、半兵衛の死は謎のまま終わりました。白倉家は養子である男子の勇士郎(ゆうしろう)が継ぎ、道場は変わらず多くの門下生によって守(も)り立てられました。勇士郎は二十歳にして『しずり雪』を会得し、後に藩の剣術指南役となり、その子の真太郎(しんたろう)もまた二十四歳で『しずり雪』を身につけています。ただし半兵衛の死後は無偏流の関係者が雪女について表立って語ることはなくなりました」

静也が無偏流と雪女の関わりについてようやく締めくくろうとしている。クリームソーダの入っていたグラスもすっかり空になった頃合いだった。

岩永は肯いてみせた。

「半兵衛が雪女に殺されたかもしれない状況では語りづらくもなるでしょうね」

「とはいえ半兵衛自身が雪女について強く広めていましたから、今さら隠したり否定したりはできませんでしたが。明治になってもまだ無偏流と聞くと、あの雪女を斬った、と言う者がいたそうです」

物事というのはおしなべて本質ではなく面白かったり逸脱したものについてばかり語られがちだ。流派の教えより雪女斬りが印象的に語られやすくもなるだろう。宮本武蔵という剣豪は有名で、巌流島の決闘やそこにわざと遅れて行ったという逸話は知られていても、武蔵が立てた流派の二天一流の知名度はそこまで高くないだろう。

岩永は烏龍茶のグラスを口に運ぶ静也に尋ねた。

「興味深いお話でしたが、私にどういう相談をされたいのです？」

静也は剣をひと振りするごとく鋭利に返す。

「雪女は実在するのでしょうか？」

もちろんいる。何しろ岩永はつい数ヵ月前、その雪女のひとりから相談され、殺人事件の解決と縁結びに尽力したところである。あの雪女は今頃幸せにやっているだろうか。

しかしそう答えるわけにはいかないので岩永は微笑んだ。

「私は妖怪を信じていませんが、あなたが信じるのを否定するほど人は悪くありません。無偏流剣術にとって雪女は必要不可欠な構成要素でしょう。また雪女という妖怪が含まれていることで無偏流は印象的になっています。案外それによって流派の名はまだ何百年と残るかもしれません。物語の題材や興味を引く逸話として力があるゆえに」

名が残っても汚名や娯楽の材料では不本意かもしれないが、名が残ればその理論や極意を知ろうとする者も生まれやすくなるだろう。流派にとって悪いばかりとも思えない。

静也は凜々しい瞳でじっと岩永を見据えた。

「では白倉半兵衛による無偏流完成の経緯とその死の謎を、雪女が実在しないものとして説明できますか？」

「具体的には？」

「なぜ半兵衛は『しずり雪』の開眼に雪女を斬ったという作り話を必要としたか、誰が半兵衛を殺したか、なぜ半兵衛は『ゆきおんな』と言い残して死んだか？」

岩永は静也の真意を測りつつ尋ねた。

「雪女が実在したとすれば全て説明がつくのに変に現実的解釈にこだわらずとも。何か他に問題でも？」

静也は想定問答に応じるように返してくる。

りますか、この年齢も定かではありません」

「実在したとしても、雪女を斬ったという後の半兵衛の言動にはいくつも不可解な点があります」

そしてその具体例も挙げていく。

「半兵衛は美男で優れた剣客で、廻国修行に出る前から仕官にもつながる縁談が数多くあり、修行から戻った後はなお増したといいます。なのに一顧だにせず全て断り、師からの紹介であっても即座に拒絶したと残っています」

岩永は対応する合理的解釈を笑って答えた。

「単に男色だったり、修行中に木剣や真剣で男性器が潰されたりしていたのでは」

「岩永さん、さらっとそういうこと言わないで」

「剣客には珍しい話じゃあないですよ」

高校時代から同様の言動をしているのにまだ蓮は気になるらしい。

静也は剣客にそんな例があるのを知っているのか、そこは認めつつ冷厳に続けた。

「半兵衛は養子を取っていますが、この子の来歴が不明なんです。ある時、周囲の者もよく知らないうちに半兵衛が五、六歳くらいの子を屋敷に入れ、養子にすると告げたと。その子が勇士郎。当人もどういう経緯で白倉家に連れてこられたか憶えておらず、それ以前についても記憶がないと長じて後に語っています。養子になった時は五歳となっていますが、この年齢も定かではありません」

確かに養子の勇士郎に疑義があるのは否めない。

「さらに勇士郎は半兵衛によく似た白い肌の眉目秀麗な子で、その剣才は道場でも群を抜いていました。十歳にして秘剣の要諦をものにし、十五歳までに『落花』と『弓張り月』の秘剣二つを会得しています。ゆえに半兵衛が廻国修行中に関係した女性に産ませた子ではないかともっぱらの噂でした。師の嘉十郎が半兵衛に直接そこを質していますが、頑なに否定されています。なのに実の子としか思えないほど勇士郎には目をかけ、剣も念入りに教えていたので周囲は不思議がっていたと」

岩永は先程引っ掛かった表現の理由がわかった。

「修行中に産ませた子でも支障はなく、実子とした方が丸く収まりそうなのに半兵衛は否定し続けたと。そしてその勇士郎があなたと血縁のある先祖ですか」

その子は半兵衛と血がつながっている可能性がある。なら静也も半兵衛の遺伝子を持つ子孫となる。

「雪女がいようといまいと、半兵衛は何か隠し事をしています。謎の死にもそれが関わっているとしか思えません。僕にはどうしても気になるんです」

静也は言外に別の問題を訴えているようだった。あくまで岩永に迫り、答えを聞き出そうという青白い熱を感じさせた。

「岩永さん、あなたにはその真実が見えませんか?」

静也は最初から岩永に特別な期待をかけ、蓮を通して強引に会おうとしてきた。普通なら二百年近く前の先祖の謎にそこまで真剣になる必然性は生じないだろう。

岩永はそんな静也を鎮めるべく右手をかざし、穏やかながら立ち合いのさなかに割り入り、鞘へ刃を戻すよう指示する調子で言う。

「たとえ全てに納得のいく説明がつき、それが真実であったとしても、真実が魅力的とは限りませんよ。当時の無偏流の関係者が真実を知りながら、その救いのなさに敢えて雪女という嘘で隠したのかもしれません」

「覚悟の上です」

静也は退かない。蓮がここまで友人が岩永への相談にこだわっていたとは気づかなかったといった意外そうな顔をしている。

岩永はため息をつき、一度目を閉じた。

「わかりました。今日すぐには無理ですが、私なりに手を尽くしてお答えしましょう」

気は進まないが、化け物達の知恵の神として、江戸時代から続く雪女の因縁に一定の解決を与えねばならない。

岩永はとうにわかっていた。無偏流には、白倉半兵衛には間違いなく雪女が関わっていると。

「それでひとつ聞かせてもらいたいのですが、『しずり雪』とはどういう技なんです？」

聞かずとも解決はできそうだったが、岩永は好奇心半分で訊いてみた。

『しずり雪』は無偏流剣術の造語ではなく、広辞苑にも掲載されている言葉である。意味としては木や枝に積もっている雪が落ちること、または落ちる雪を表す。

木や枝に積もった雪はその重さや気温の上昇で溶け出して形を崩し、下へと落ちて音を立てる。傾斜、重量、摩擦、そういったバランスが崩れて初めて生じる現象で、その瞬間がいつ来るかを予測するのは困難であり、見切ることはできない。また雪が積もっている木や枝は一本ではない。一本の木だけでも積もっている箇所はいくつもある。それらの雪のうちどれが最初に落ちるかも読み切れない。

そこから転じて無偏流の秘剣『しずり雪』は、相手にいつ、どこから来るのか全く予測させせない斬撃を見舞う剣技であり、型があるようでなく、瞬間的な足さばきと全身を使った一刀の振りで相手の間合いの感覚と刀の軌道の読みを外し、何もさせないうちに斬る。

無偏流ではその筋力と呼吸、時々に適切な姿勢と連続的な体重の移動方法が事細かに説明されており、ある程度剣術を習っていれば示すものを理解するのは難しくないという。

しかし理解はできてもその通り意識して動くのさえ常人には可能でないのもまた理解でき、全てを意識せず、相手との間合いや構え、剣の腕によって適切に変化させて動けるようになるにはどれほどの才能が必要か、と愁嘆するしかなくなるらしい。

一方でその理の正しさは確かであり、おのれの剣才に自信があり、剣に生涯を費やす覚悟があれば極めるのが可能とも思わせられる。白倉半兵衛はそこまで秘剣『しずり雪』を明瞭に解き、言葉にし、自在に再現したという。開祖又右衛門が成し得なかったことを成した半兵衛は、無偏流において又右衛門以上の天才と呼ばれてもいる。

「これが秘剣『しずり雪』と白倉半兵衛にまつわる話です。正直剣については理解しがたい部分もありますが、大変な技とは思いますよ」

岩永はとあるファミリーレストランの椅子に座ってハンバーグステーキセットを食べながらそう結んだ。これで昼間、カラオケボックスで聞いた内容を正面に座る男に残らず伝えたことになる。

伝えられた男はホットコーヒーだけを前に不機嫌そうに返した。

「どうして俺が江戸時代の剣客の話を聞かないといけないんだ?」

「雪女にまつわる話ですから、あなたが無関係でもないでしょう」

そう岩永がフォークを振って答えると、室井昌幸はもともと剣呑な顔つきをいっそう険しくする。

数ヵ月前、何度も人に裏切られ、世をすねて引きこもるがごとき暮らしをしていた昌幸は殺人事件の容疑者にまでされ、難渋していた。そこを岩永に助けられ、妖怪の雪女と結ばれることにもなったのである。そのため普通の人間であるが妖怪や怪異と縁が深く、年齢がひと回りは違う岩永に頭が上がらない立場でもある。

「雪女つながりで、あなたの所の雪女が何か知っているかもしれません。明日にでも話を聞きにお宅へお邪魔しようと思ったのですが、あなたが自宅からいくつも県を越えたこちらで仕事をされていると耳に入れたので事前に説明しておこうと」

午後八時を過ぎていた。昌幸が現在通っているオフィスを化け物達から聞き込んでいたので、カラオケボックスで蓮達と別れた後、足を運んだのだ。仕事を終えてオフィスから出たところに声をかけ、岩永の夕食ついでに話を聞かせた次第である。

ファミリーレストランの客はまばらで、岩永と昌幸は周囲に他の客のいない一番奥の席について静かに話せた。

昌幸はカップを手に取り、苦そうにコーヒーを口に含む。

「おひいさんには借りがあるし、断りはしないが、うちの雪女が江戸時代の出来事を知ってるか?」

「妖怪の寿命は人間と違います。何百年と生きているものも珍しくありませんよ。かといって時々休眠したりで、その間ずっと活動しているわけでもなかったりしますが。その時代に生きておらずとも、仲間の話として伝え聞いているかもしれません」

だとすれば真相がすぐに判明する。

「まあ、あれも妖怪として俺の知らない苦労はしてるだろうな」

昌幸はそういった知識不足から自分の家の雪女に対し無神経な態度を取っていないか顧みる表情をした。すぐにそうした思考ができるなら岩永も心配がいらない。

「あれから雪女とは甘い生活をされているようですね」

「そんなべたべたはしてないからな。あいつは食い意地ばかり張って、物を食べてれば幸せなんだ。最近じゃ明らかに体が重くなってるくらいだぞ。妖怪でも太るんだな」

「相手の重さの変化を実感できるくらい密着してるなら十分甘いですよ。前も言いましたが、避妊にはご留意を」

相手の体を日常的に自分の上に載せたり抱えたりしないとそんな感想は出ない。

岩永のやんわりとした指摘に、昌幸はますます嫌そうにしながら話を変えた。

「このところ仕事はこっちでやって、週末だけ雪女のいる向こうの自宅に帰る生活をしてる。今日もこれから車を飛ばして帰るところだよ」

そういえば今日は金曜日だった。その車に同乗すれば岩永もすぐ雪女に会えそうだが、一週間ぶりの逢瀬(おうせ)を出だしから邪魔するのはそれこそ無神経だろう。

「社会復帰も順調なようで」

昌幸はこれにも口許を歪(ゆが)めた。そこは素直に喜んでいないのか。

「復帰と言っても前いた会社の連中に泣きつかれ、臨時雇いの形で手伝いをしてるだけだがな。連中、俺を追い出したはいいが、俺がやってた事務や調整を軽く見てたらしい。数ヵ月は誤魔化せたが、あの殺人事件が起こった頃にはきわどかったようだ」

「そこに会社で有能だった人物がその事件で逮捕され、さらに仕事が回せなくなりましたか」

　昌幸の元部下である人物が真犯人で、昌幸は巻き込まれるべくして殺人事件に巻き込まれてもいたのである。

「あいつが俺のやってた仕事を一番わかってたからな。きわどいところに殺人が理由で主力が逮捕だ。会社としては取引先への釈明も必要になり、納期の遅れは確実になる。俺に泣きつかないとどうしようもないと追い詰められたんだ。大会社に吸収される形だったからな、下手を打てば元の面子は責任だけ負わされて放逐されかねない」

「裏切った相手に頭を下げねば身の破滅ですか。あなたにすればさぞ爽快で、自分に有利な条件を山とつけて仕事を引き受けられたでしょう」

「きみと一緒にするな。こっちだって気まずいんだ。ちょうどいいリハビリと思って受けただけだよ。一段落ついたら何人か引き抜いて新しい仕事を始める気ではいるが」

　事情はどうあれ、前向きに暮らしているなら岩永が助力した甲斐があった。

　そして昌幸は、迷惑がりながらも本題について訊いてくる。

「だがその白倉静也っていうのは何を深刻に悩んでるんだ？　流派に雪女が関わっていよ

うが先祖が何を隠して死んでいようが、現代の自分にはほぼ無関係だろう？　その白倉半兵衛とは血もつながっていないし」

「無関係じゃあないんですよ。何しろ彼には雪女の血が入ってますから」

昌幸は岩永の返答に三度まばたきし、工夫のない一言を口にした。

「なんだって？」

昌幸にとってもあながち他人事ではない。にこりともせず岩永は言い直す。

「白倉静也は間違いなく雪女の血を引いています。妖怪の血とはいえ人と交われば代々薄まるもので、最近の血縁者はその要素がさして表に出なかったのでしょう。ところが隔世遺伝か、彼にはそれが強く出ていますね」

化け物達の知恵の神である岩永だからこそわかるものがある。岩永には静也の異質がはっきり見えた。静也の『あなたにはその真実が見えませんか？』という問いはまさに本質を指していた。

「彼にはまだ確信はないでしょう。けれど違和感はある。日常で得体の知れない怪異の気配を感じやすかったり、運動能力や五感が常人より妙に優れていたり、逆に原因のわからない健康上の問題があったり」

普通ならそれで妖怪の血が入っているとまで疑うのは妄想も過ぎるが、白倉家には雪女の名が深く関わっている。

「秋場君によると白倉静也は自宅の道場で剣道を習っていますが、生まれつき体調不良を起こしやすく、特に夏場などは倒れることもあるとか。学校でも剣道部に入らず、公式の試合にもほとんど出場経験がないそうです。けれど運動能力は異常に高く、剣においても彼が公式戦に出れば優勝者はまず入れ替わるだろうとささやかれるほど。実際、一度だけ出場した時には難なく優勝しています」

静也とすればば自身に突出したものがあればあるほど、違和感は強まっていくだろう。

「彼は高校生の時に無偏流の秘剣、『落花』と『弓張り月』を会得し、使える者が絶えて久しい『しずり雪』もいずれ再現するのではと家で言われているそうです。ただならぬ剣の才、ひいては身体能力に恵まれているんです」

色白で美形というのは白倉半兵衛もそうであったが、雪女にも見られる特徴である。昌幸と結ばれた雪女もそういった外見だ。静也の容姿もそれに合っている。

昌幸がさっき聞いたばかりの無偏流と白倉家と雪女の相関を必死に頭の中で整理するようにしながら、なお信じがたそうに訊いてきた。

「だがどこで白倉家に雪女の血が入ったんだ？」

「家系にひとり、来歴不明の子がいるでしょう。白倉勇士郎。半兵衛が養子にし、その死後家を継いだ子で、静也さんと血のつながる先祖です」

「まさかその子が、雪女と半兵衛との間に生まれた子とでも？」

「そうと考えれば辻褄の合う点もあります。少なくとも静也さんはそう疑い、自身が人でないものの血を引いているのではと不安がっています。だから噂に聞いた私なら、その真贋を判断できるかも、と藁をもつかむ思いで頼ってきたのでしょう」

本当に人の社交界で広がっている岩永についての噂は面倒事ばかり持ち込む。今回は知恵の神としても対処すべき問題なので、もっとこじれてから持ち込まれるよりはましだったと自分を慰めるしかない。

昌幸も話の中で勇士郎の存在は認識していたろうし、その子が色白で眉目秀麗なのも聞いていていたろうが、まだ理解が追いついていない様子だった。

「だがどうして勇士郎がそうなる？　白倉半兵衛は雪女を斬り殺してるんだろう？　子どもができる余地はない」

だからそこが静也の言う隠し事にまつわる部分になる。

「土台、人間に雪女を斬り殺すなんてよほどでなければ不可能ですよ。あなたも雪女の妖異の力のほどは知っているでしょう。伝えられる話が本当なら、氷で作った刀で峠を訪れた剣客を殺しまくっていた雪女です、そんな好戦的で油断もなさそうな相手を倒せたとは考えにくい。たとえ偶然幻の秘剣に開眼できたとしても、あの技は雪女を斬るには足らないでしょう」

「なら本当は何があったというんだ？」

「小泉八雲の『雪女』の話はご存知ですね。その中で男は雪女に殺されかけますが、美しいという理由で命を助けられ、それどころかその雪女と結ばれ、子どもを作っています」

日本に帰化したイギリス人が著したものが日本で一番と言っていいほど有名な雪女の物語なのは興味深いが、内容に異論はない。

昌幸もようやくつながりが読めたらしい。

「半兵衛は雪女と剣を交えて負けたが、美しいために殺されず、それどころか雪女に惚れられたのか？」

「侍に恨みがあって峠で暴れていた雪女も、半兵衛の美しさに参ったのでしょう。そろそろ峠で暴れるのも飽きていたのかもしれません。雪女はどうも惚れっぽいものが多いらしいです。あなたもその恩恵を受けた身でしょう。あなたは美しくないので特殊な例になりますが」

昌幸は凶相とは言い過ぎだが、強面で通用する外見である。

自覚があるのか昌幸は唇を曲げた。

「余計なお世話だ。それより半兵衛は雪女を退治したと言って麓の村に現れてる。それに雪女を倒せたから『しずり雪』の極意をつかめたんじゃないか？　やはり辻褄が合わないぞ」

「美しい半兵衛に惚れた雪女は彼の評判を上げるため、彼に倒されたことにしたのでしょう。また半兵衛が会得したい秘剣の助力になってやるとも決めた。惚れた男に尽くしたがるのも雪女の特性ですかね。そして妖怪の力を借りても剣を極めたい半兵衛はそういう雪女を利用した」

陰謀めいた話になってきたが、静也はきっとそう疑っている。

「半兵衛が郷里に戻ったのが雪女退治の話から二ヵ月後。それまで半兵衛は雪女と所帯を持って暮らし、剣の修行にも励んだ。雪女に子種を仕込むに足りる期間です」

「もうちょっと上品な表現を使ってほしいが、半兵衛はその修行期間で『しずり雪』も身につけたのか？」

昌幸がうんざりと注意しながらも話を進める。岩永は首を横に振った。

「これも怪しいでしょう。そんな修行で身につくなら、雪女退治に向かうまでもなく開眼できましたよ。もしかすると雪女から妖力を分けられ、運動能力や動体視力を上昇させてもらったのかもしれません。化け物にはそういった力を持つものもいます」

「その力のおかげで半兵衛は『しずり雪』を使えるようになれたと。逆にそんな妖怪の力でもなければ『しずり雪』は使えない技なのか」

その方が腑に落ちるといった昌幸の感想だった。

窓の外の夜には人工の光が点滅する街があり、道路を幾台も車が走り、携帯電話を手に歩く若者がいる。それを目に岩永はファミリーレストランの中で江戸時代までさかのぼる雪女の話を行う。

「妖力で『しずり雪』を会得した半兵衛は郷里に戻り、無偏流完成者の栄誉を得ます。雪女も惚れた男が名を上げるのですから、そうするのに快く同意したでしょう。半兵衛はどこの者とも知れない女を連れ帰っては周りにいらぬ詮索をされると雪女に言い、自分がしかと地位を築き、周りから文句を付けられぬ立場になればお前を迎え入れると説得して雪女を陰に隠します」

「半兵衛とすれば雪女からもらった力で開眼したとは疑われたくないだろうし、でなくとも怪しい女を表に出したくないか。その後、雪女に子どもが生まれるんだろうが、どういう事情でその子、勇士郎が白倉家に入るんだ？」

「雪女自身は妖怪で寿命が長く、時間感覚も人間と違いますが、子どもはそうはいきません。このまま人里離れた自分の所に置いていては子どものためにもならないと、半兵衛の方で育ててくれるよう渡したのかもしれません。逆に半兵衛が家と剣の後継ぎが必要となり、子どもを自分で育てたい雪女を口説き落として引き取ったのかもしれません」

岩永の説明に昌幸も一応の納得を示す。

「半兵衛も雪女がいる手前、他の女性を妻にして新たに子どもを作れないか。雪女を迎え入れると約束しておいてそうしたら何をされるかわからない。それに自分の子どもなら剣才が期待できるし、早めに指導したくもなるな」

「半兵衛が勇士郎を養子にしたのは郷里に戻って五年後。その時勇士郎は五、六歳に見えたとされますが、成長が早ければ四歳でもそう見えたでしょう。峠での出来事の後に勇士郎が生まれていても計算は合います」

　これで数字の齟齬もなくなる。

「なら半兵衛が勇士郎を実子と認めなかった理由はなんだ？」

「半兵衛が本当に雪女を家に迎える気でいたかどうか。相手は妖怪です、最初はその気だったけれど落ち着くとだんだん怖くなって避けたくなるのもありえる話です。その子とも距離を置きたくなります。実子と認めればどこで作ったか周りに強く説明も求められるでしょう。否定した方がまだ言い逃れができます。一方では血はつながっていますし、剣才もありますから大事にしないでもない」

　静也の疑問はこれで解消される。妖怪の血を引くゆえに子を恐れ、実子と認めたくなかったという解釈だ。

　昌幸はその解釈に異論を挟まず、最後に残された謎を訊いてきた。

「なら半兵衛の死の真相は？　やはり雪女が犯人か？」

「十五年が経ち、雪女もそろそろ半兵衛に自分を妻として家に迎えるよう迫ったでしょう。対して半兵衛はこれ以上化け物に関わるのを恐れ、隙をついて雪女を殺そうとした。ある意味絶対的な弱味を握られた存在です、消せるなら消したくもなる。家に迎えると甘い言葉をささやき、油断させて近くから斬りつければ殺せると見積もった」

「やっぱりそうなるのか」

昌幸もこの展開はすでに想像できていたらしい。妖怪との関係がこじれた結果を考えないではいられない身の上で、その最悪のケースのひとつが過去、頭をよぎらなかったこともないのだろう。

岩永はそんな昌幸に温かい視線を送りながら最悪の例を最後まで描いてみせる。

「変に屋敷に人のいない時分に呼び出せば警戒されるかもしれないため、半兵衛は日中の弟子達が道場にいる合間に敢えて雪女と話す機会を作り、腰を抱いたりしながら庭に隠しておいた刀を取って後ろから斬りつけた」

「そこを返り討ちにされたという流れか」

時代劇のワンシーンさながら、黒髪もあでやかな真っ白な着物姿の色白の女を、名も技も家も手にしたこれもまた色白の剣士がおのれ可愛さに後ろから斬ろうとする。しかし女は予感があったのか間一髪その凶刃をかわし、冷ややかに男を見返す。そんな光景が昌幸の頭に浮かんだろう。

「半兵衛は峠の時のように氷で作った刀で斬られたのかもしれません。刀を奪われ、斬られたのかもしれません。いかな無双の剣客も、初手をかわされれば雪女の妖力による反撃に勝つのは困難でしょう。正面からあっさり頸動脈も切断されます」

「だったら死に際に誰にやられたかと訊かれれば、『ゆきおんな』と答えるしかないな」

「はい、事実ですから。また雪女なら空を飛んで塀を越え、誰にも気づかれず屋敷に入り、犯行後も痕跡を残さず立ち去れます。自分を裏切った男との間に作った子どもにも未練はなく、そのまま放って以後姿を消したとしても不自然ではありません」

鍵となる女が妖怪であるため怪事となっているが、男が立身出世のために女を利用し、邪魔になったから捨てようとしたが因果応報に破滅する、という物語は怪異が絡まずとも現実社会であるものだ。

「静也さんは白倉半兵衛にはこういった真実があるのではと考えているのでしょう」

岩永はそうまとめ、昌幸はしばらく黙ってどこかに反論の余地はないか探っている風だったが、やがて嘆息した。

「白倉静也に雪女の血が入っているなら、半兵衛の雪女退治には嘘があると見ていい。そして養子の勇士郎や半兵衛の身の振り方にある不審も、その説明なら辻褄が合うか」

「秘剣『しずり雪』を会得できたのも半兵衛以外には勇士郎とその子の真太郎のみ。この代までは雪女の血が濃かったため、秘剣を使える感覚と身体能力が備わっていたのかもしれません」

状況証拠はある。雪女の存在を信じるなら、この推測は十分成り立つ。

昌幸は鼻を鳴らした。

「嫌な話だな。しかし江戸時代の話だ。家系で尊敬される人物が実は悪党だったとしても、そう気に病まなくてもいいだろう。いや、これだと半兵衛と血縁が生じるんだな」

自分で言って昌幸ははたと考え込むようにした。岩永はその先を引き取る。

「そして静也さんはその悪の因縁を血に引き継いでいる思いなんでしょう。それも妖怪の血まで入っているとなれば、平静でいられますかね。この場合、雪女の血は祝福されて白倉家に入ったものでもありません」

血は水よりも濃いと言われ、さらに人でないものとなればいかばかりか。

昌幸は静也を慮る表情になった。

「ある意味呪われた血にも感じられるな。その血の影響も強く出ているというし、必要以上に自分は人ではないとも思い詰めるか。悪くすると自殺理由にもなりかねない。雪女の血を個性と割り切るには、過去が重過ぎる。自殺まではいかずとも、先の人生に暗い影しか落とさないぞ」

気遣いのできる大人は苦労を背負い込みやすいが、昌幸も顔に似合わず人が好い。

岩永はため息をついた。

「まあ、私としては彼ひとり人生を投げても世の秩序には関わりません、放っておいても構わないんですが、彼には妖怪の力が備わっています。やけを起こしてその力で暴走されるのが一番困ります」

「そんな危険があるか？」

昌幸はそれは杞憂ではないかと言わんばかりだが、岩永としては楽観視できない。

「彼はいかにも不安定ですよ。自身の人間としての存在に違和感を覚え、周囲の怪異を感じるようにもなっている。そうとなれば怪異側に引き寄せられる恐れもあります。またその呪われた血から妖怪を逆恨みして無闇に対抗するようになったり、そこを邪な怪異につけこまれ、犯罪に走ったりといった恐れも十分ありますよ。そうなると世の秩序は乱れます。放置するわけにもいかないでしょう」

「そうなれば、きみが彼を排除する必要性が出てくると？」

昌幸が少し怯んだように、岩永の役割を理解した確認をしてくる。

「他に手がなければ。けれどそうすると妖怪の血の入った人間全てが化け物達に危険視され、そういう者達はできる限り排除せねばなんて面倒な声が出るやもしれません。なら白倉家だけで何人消したり管理したりする必要が出てくるやら。さすがにそんな大量処分は影響が大き過ぎます」

その事態を思うと岩永もため息をつかざるをえない。不可能ではないが、収拾をつけるのにとてつもなく手間がかかる。

「静也さんの次の世代はさらに血が薄まると思いますが、将来また突然変異が起きるのまでは否定できません。悩ましくはありますよ。かように妖怪との子作りは後世で面倒を引き起こしたりしますから、あなたはくれぐれも避妊をお忘れなきよう」

この警告を肝に銘じさせるためにも、岩永は今回の事例をこの男に詳しく話しているのである。昌幸はテーブルに額をつけんばかりに頭を下げた。

「ちゃんとやってるから、勘弁してくれ。人目もあるんだ」

いい大人が岩永みたいな女子に避妊避妊と釘を刺されているのは誤解しか生みそうにないので気持ちはわかる。

それから昌幸は頭を上げ、解決策を提案した。

「その青年、まだ雪女の存在を信じきれてはないんだろう？　だからおひいさんから確証を得ようとしてる。ならきみが嘘でも雪女の存在を否定すれば、精神的に安定して暴走の恐れもなくなるだろう。あと周りの怪異には、彼に近づかないようきみが命令すれば面倒も起こらない」

「怪異達に静也さんに近づかないよう命じても、静也さん側から怪異に近づく動きをされれば意味がありません。それに会った時から私は雪女の存在を否定してますが、少しも響いていませんよ。静也さんの中では雪女の存在は相当に確からしいんです。それを否定するには、白倉半兵衛の不可解な言動と死について雪女が実在しない説明をつけるしかありません。本物の雪女が白倉家に関わっているのは事実ですから、やはり嘘になりますが」

結局静也に自制を促すには、岩永が知恵をしぼって事実を歪曲（わいきょく）しないといけなくなる。昌幸は状況や意味合いは違えど似た作業を自分もされた経験を思い出してか、岩永に期待するように言った。

「誰しも人生に悲観はしたくない、彼もできれば雪女の実在を否定してもらって、自身の血が呪われていないと信じたいだろう。だからきみに現実的な解釈も強く求めている。そういうのは得意なんだろう？」

期待する方は楽だろうが、その構築作業はひどく大変なのだ。

「嘘は真実より整合性を求められ、手間がかかるんです。このケースだと将来的に嘘とばれても悪影響があります。下手な中身にはできません。ただ静也さんの推測が真実との確証はありませんから、あなたの所の雪女が全く違う真相とかを知ってくれていると助かるのですが」

岩永はそれを願っている。あいにく現状、そんな都合の良い真実を推定できないが、たまには皆が幸せになる真実があってもお天道様は許してくれるだろう。

昌幸が肩をすくめた。

「わかった、今夜帰ったらこの話をひと通りしておくよ。最悪、もっと嫌な真実がわかるなんて可能性もあるが」

最後の一言はささやかな意趣返しだろうか。

「そうですね。例えばあなたの所の雪女と半兵衛を殺した雪女が同一だとか。さっきの仮説ではその雪女は死んでいませんから、十分ありえますよ」

「あれは美男子に惹かれたりしないぞ」

「昔、その美男子に裏切られた経験から、あなたみたいなのが好みになったとか」

「そんな経験があったら人間の男全部を憎んで、俺を山で助けたりしない」

昌幸は若干目をうろたえさせたが、そうはね除けてみせた。岩永は素直に退く。

「それもそうですね。では明日、午後二時くらいにお邪魔するのでどうです？　話を聞いたらすぐ帰りますからご心配なく。なんでしたら一グロスくらい避妊具の差し入れを」

昌幸はテーブルにある伝票を取って拝むようにした。

「ここは俺が払うから、本当にもうやめてくれ」

大事なことなので繰り返しただけなのだが。ハンバーグステーキセットを食べ終えた岩永はベレー帽をかぶってステッキを手に取り、席を立った。


翌日、十七日、土曜日。約束通り岩永は午後二時過ぎ、県をいくつか越えた所にある室井昌幸の自宅をひとり訪れていた。空を飛べる化け物の背中に乗って行けば人目にもつかず高速での移動もできたが、冬である。吹きさらしの化け物の背に乗って飛ぶと凍え死にしかねない。そのため最寄り駅まで鉄道を使って移動し、そこからタクシーで家の前まで乗りつけた。

昌幸も社会復帰を果たし、近所付き合いや地域との交流にも積極的になっているだろうから、目を引く容姿の岩永が堂々と訪れても周囲で悪評も立たないだろうと判断したのだ。にもかかわらず、昌幸にあからさまに渋い顔をされた。

「おひいさん、せめて恋人と一緒に来てくれ。きみみたいなのがひとりでうちにタクシーで乗りつけるなんて、絶対変な噂になるから。説明に困るから」

「恋人と一緒に来なかったのは雪女を怯えさせないためですよ。化け物には禍々しく感じられる人ですから、落ち着いて話もできないでしょう。周囲への説明には知り合いの会社の御令嬢が挨拶がてら立ち寄ったで済みますよ」

「誰が御令嬢だ」

「私ですよ」

「確かに『イワナガ』っていう古い名家の経営する手堅い企業があるが、そこの御令嬢に成りすますのはまずいだろう」

「私がそこの御令嬢ですよ」

そう言うと昌幸は本気でびっくりしていた。

初対面の時に名乗っているし、義眼義足も承知のはずである。岩永家の一眼一足の令嬢は社交界で有名なはずだが、昌幸は特徴までは知らなかったらしい。

ともかく客間に通され、ソファに座ると待ち構えていた雪女が絨毯に両膝をついて頭を下げた。

「おひいさま、まこと遠くからおいでいただき、申し訳ありません。お呼びくださればいつでもこちらから足を運びましたものを」

雪女に話を聞くためだけに岩永が来たのを恐縮しているらしい。昌幸の趣味か雪女のこだわりか、彼女は家の中でも真っ白い着物姿で、帯もきちんと締めている。こうして室内で膝をついて挨拶していると、高級旅館の若女将に見えなくもない。

「こちらこそせっかくの週末に申し訳ない。楽にしてくれていいから」

岩永は雪女に膝を上げてソファに座るよう示した。雪女は再度申し訳なさそうに一礼し、岩永の向かいに座ると、奥に行っていた昌幸が湯呑みを三つ載せたお盆を手に戻ってきて、緑茶の入ったそれらを各自の前に置いていく。

「昌幸、おひいさまが寒い中お越しになられたのだ、もっといいお茶をお出しせねば」

雪女がそう慌てて腰を上げようとするのを昌幸が制する。

「このおひいさんは普通にペットボトルのお茶を飲んでたろう。そう気を遣う方が居心地悪いんじゃないか。妖怪にとっては神様でも、普通に人として暮らしているんだ」

「人の世でも名家の御令嬢であられるそうではないか」

「御令嬢と言っても絶対家で持て余されてるぞ」

「ああもう、茶菓子もなしではあまりにも無礼であろう。ほら、ずいぶんと高級な羊羹を買ってきていたではないか。大きな栗がいくつも入った。あれを出せ」

「あれはきみが気に入って大事に食べていたろう。限定品だからまた買ってくることもできないし」

「そ、それはそうだけれども、ここは断腸の思いで」

もてなしの程度で言い争ってはいるが、その様子は仲むつまじいものにしか見えず、ひとりで行動せざるをえなくなっている岩永は、茶菓子の有無よりそちらの方で機嫌が悪くなりそうだ。

岩永は湯呑みを手に取り、口に運びながら痴話喧嘩に割って入る。

「今日は羊羹を食べに来たわけではないので、それくらいで。早く本題に入ってもらった方が欣快だから」

昌幸と雪女は恐縮したようにしてソファに並んで座り、それから雪女があらたまって話し始めた。

「おひいさまの御用件はすでに聞いております。ずいぶんと昔の話ですが、なんという縁でしょう、私は無偏流剣術を使う者と浅からぬ関わりがあります」

岩永はテーブルに湯呑みを戻す手を途中で止めた。岩永のその反応が由由しく感じられたためか、雪女は慌てて補足する。

「さすがに私がお話にある雪女と同一ではありません。私は昔からなよっとした美男というのは苦手でして。けれど実はお話の雪女、私の姉に当たるものなのです。その半兵衛という男とも私は何度か会っておりますす」

「それは浅くないな。けれど手間が省ける。白倉静也の話にはない事実を多く知っていると？」

これは楽できそうで岩永は気持ちが軽くなった。希望もいっそう持てそうだ。

それでもこの雪女は知恵の神の機嫌を損ねないかとばかりかしこまって続けた。

「しかとつながりのわからぬ点もありますが、当時の事情は知っております。真相はおひいさまが語られたものとは大きく違っているのです」

あれはあくまで静也が想像する真実を推察しただけで、否定されたところで岩永に痛痒はない。かえって好ましかったが、雪女はさらに意外なことを語る。

「何より私は姉の頼みでその半兵衛の屋敷を一度だけ訪ねているのです。そしてどうやら私が去った直後、あの男は自害したようで」

「なんと」

つい岩永は驚きの声を出してしまった。白倉半兵衛と最後に会ったものから話を聞けるとは、期待を遥かに超えている。

前もって詳細を聞いているのであろう昌幸が補足してきた。

「自害の可能性はおひいさんも考えていたろう。あれがかなり真相に近かったんだ。半兵衛に自害するだけの知らせを持ち込んだのはうちの雪女だったんだよ」

静也に対し、半兵衛が弟子への指導を抜けた途中で不意に自害する動機が生まれた可能性を岩永は挙げていた。外からの知らせに絶望して衝動的な自害を行ったと。来客がなかった点等から否定はされたが、この雪女がその知らせの伝達者であれば、誰にも気づかれず屋敷を出入りでき、岩永の挙げた可能性が真相につながる。

だとすればどうなる。岩永は既存の情報を頭の中で組み立て直す。そこが決定されたなら、数々の疑問点、不可解な行動に見合う真実にはどんなものが考えられるか。見落としていた要素はないか。

「そうか。結局半兵衛は、自力では『しずり雪』には至れなかったのか」

数拍ほどの間の後に岩永が出したその結論に、昌幸と雪女が目を見張る。どうやら核心を衝いていたらしい。

昨日の仮説でも半兵衛は自力で『しずり雪』を会得していないが、全く違う意味で半兵衛は自力で最後の秘剣に届かなかったのだ。

岩永は確認と細部を詰めるため、目の前の雪女に望む。

「では詳しい話を。いったい江戸時代、白倉半兵衛と雪女の間に何があったか?」

週が明けて十九日、月曜。この日は昼前から雪が降り出していた。地面に落ちればすぐに溶け、視界を遮るほど激しくではないが降り続いていた。天気予報では明日にかけても止まず、積雪のおそれがあると告げている。

そんな日、岩永は午後一時過ぎにとあるホテルの高層階にある喫茶室でひとり、白倉静也と向かい合って座っていた。コートとベレー帽とステッキを隣の空いている椅子に置き、携帯電話はテーブルに伏せている。

先週のカラオケボックスで静也の連絡先は聞いており、蓮を介さず会えるようにしていた。昨日電話をかけ、答えが出たので話をしたいとここに呼び出したのである。静也個人に関わる繊細な内容になるかもしれないので、蓮抜きで話すとした。

喫茶室の席は街が展望できる窓際のものを取っていた。商談などにも使われるスペースなので隣の席との間には余裕のある距離が取られ、観葉植物も要所に配置されている。

雪が降っていても透明な窓ガラスの向こうに暗い雲に覆われた空が見え、その下にビルや商業施設が並び、道路を車が行き交っている。傘を差している歩行者もうかがえる。

「答えが出たそうですが」

緊張した面持ちで静也が切り出した。彼はどういう答えを最も望んでいるのか。あなたには雪女の血が流れていますと言ってもらいたいのか、雪女がいない証拠を求めているのか。静也の前で手つかずのカモミールティーの白いカップから湯気が立っている。話の終わる頃にはそのまま冷えているか、少しは減っているか。

岩永は何も入れないまま口に含んだダージリンティーを飲み、やはり砂糖とミルクを足しながら穏やかに始めた。

「この世に妖怪や化け物なんて愉快なものがいるわけがありません。だから雪女もいるわけがない。ゆえに江戸時代、白倉半兵衛による雪女退治はまるきりの嘘です」

「しかし当時の記録に峠で犠牲者が出ていたと残っています」

「だから誰か人間が雪女のふりをし、刀を持ってそこを通る者を襲っていた。それだけの話です。妖怪を必要としません」

雪女を否定するならそういう結論にならざるをえない。静也はテーブルの上で指を組み、怪訝（けげん）そうに言う。

「でも雪女に襲われる時は霧のようなものに囲まれたという証言もあります。これなんか妖怪の力が関わっていませんか？」

「霧のある時に襲われた集団の話が大げさに伝わり、他の被害者の時もそうであったと脚色され広まっただけでは。この方が説明に妖怪を挿入するよりよほど筋が通った解釈です。雪女が氷で作った刀というのも、犯人がそれらしく着色した普通の刀に過ぎなかったのでは」

どこまでも現実的に解釈する。論理とはそういうもので、存在の証明されていないものを物事の説明に使うのは基本的に禁じられる。雪女の実在を岩永は知っているが、一般的には証明されていない。

静也は不満ありげなものの肯いた。ただし新たな疑問を返してくる。

「かもしれません。けれど誰が、何のために雪女のふりをして峠で人殺しを続けていたんです？　それも腕のある剣客が何人も返り討ちにされているんです、そんな非凡な剣を使える女性が当時たまたまいたとでも？」

雪女がいたなら謎にもならないが、いないならその犯人と動機を用意せねばならない。無論、岩永は用意していた。まるさりの嘘ではあるが。

「女性はいなかったかもしれませんが、女性に見紛う剣客はいましたね。それも俊才と呼ばれるほどの実力を持った人物が」

静也があきれたように目を見開く。

「白倉半兵衛その人が、雪女のふりをして行っていたと？」

「はい。半兵衛はその時、廻国修行中です。なら峠の周辺に居着き、女性の姿となってそこを越える者を襲うといった行動も可能です。色白で細身の半兵衛ですから、女性の着物も似合ったでしょう。長い髪のかつらでもかぶればいっそう女性と映ったでしょう」

岩永がぬけぬけと、そんな単純なこともわかりませんか、と提示したためか、静也はしばし自身の方がおかしいかと戸惑いに囚われた風にし、ようやく反駁してくる。

「しかしなぜ、半兵衛がそんな狂気じみた行いを」

「秘剣『しずり雪』を会得するためですよ」

『しずり雪』を便利に使い過ぎている気がしないでもないが、岩永はこの幻の秘剣を仮説に取り込んでいた。

「時代劇では真剣を抜いて斬り合う場面がよく見られますが、江戸時代も半ばとなれば実際の侍はほとんど真剣を抜く機会がなかったといいます。稽古では竹刀か木剣、御前試合でも真剣とは限らない。私闘で真剣を使って立ち合えば下手をすると切腹といった処分もされる。剣の技を磨くのに、真剣で戦ったりはそうはできない」

武士には『斬り捨て御免』という、無礼を働いた者を斬ってもいい特権が与えられてはいたが、実際にやった武士が捕らえられて町奉行所に渡され、属している藩で切腹を申し渡されたといった事例がある。特権はあれど、統治を考えれば武士が町中でみだりに人を斬るのを容認できるわけがない。人心が離れ、お上への不満ばかり増してしまう。よほどの理由がなければ武士は真剣など振るえないのだ。

静也もこれくらいの知識はあるようだ。

「ええ、真剣で斬り合う機会はそうなかったでしょう。治安維持で盗賊ややくざ者、暴れる浪人といった者を斬ることはあっても一対一で尋常に斬り合う場面はそう巡ってきませんし、腕のある者との真剣での立ち合いなどいっそう稀になります」

「けれど本来人を斬るのが本質の剣の腕は、真剣を振るわねばわからないのでは。それこそ命の遣り取りをする場面で振るわねば、剣の真理に至れないのでは。おのれの才能の限界にぶつかっていた半兵衛が、いっそう自身を追い込むため、真剣での立ち合いの機会を求めたとは考えられませんか？」

岩永は微笑んだ。

百の稽古より、一度の実戦の方が得られるものが多い。実戦経験は重要。現代のスポーツでも近い言説はあるだろう。実戦で結果を出すにはリスクの低い環境での練習が必要で、そこは勘違いをしてはいけないが、緊張感著しい大きなリスクがかかった実戦を乗り越えたことでしか見えない地平はありそうである。

静也が苦しげに認めた。

「それは、『しずり雪』の極意を得たのも雪女との立ち合いで死線をくぐったからと伝えられていますが」

「だから半兵衛はまともでない死線を求め、峠で真剣を取った。無抵抗の者を斬っても大した経験にはならない。より腕の立つ者、より自身を限界以上に追い詰める剣客、そういう相手を求めて刀を持つ者だけを襲い、さらなる強い剣客を呼び込むためにも血を流します」

岩永の理屈に静也は不備を探ろうとしてくる。

「でもなぜ雪女の姿でそんな真似を？」

「身許がばれては剣の修行も終わります、正体を隠す方法を取るでしょう。顔を隠すだけでは体つきで気づかれるかもしれません。半兵衛は剣の腕だけでなく、剣客らしくない容姿も有名だったでしょう。ならいっそ女性の姿になれば正体もばれにくい。さらに妖怪である雪女に成りすましたのは、そうした怪しい存在にした方が噂も広まりやすく、腕に覚えのある者が峠に来ると考えたのでしょう」

「確かに、妖怪の雪女が峠に現れ剣客を襲う、という噂の方が語られやすそうですが」

「また女性の着物を身につけた方が動きづらく、いっそう自分を追い込めます。当時、半兵衛と互角に立ち合える剣客が少ないのはわかっていたでしょう、だからハンデを背負って真剣での命の遣り取りに臨んだ」

間断なく岩永は仮説に生じそうな疑義を潰していく。唇を結んだままの静也に岩永は甘くなった紅茶を飲みながら言葉を継いだ。

「かくして半兵衛は何十という屍を築いた末、とうとう『しずり雪』を会得してその極意を我がものとしました。数多（あまた）の剣客と短期間に決死の斬り合いを行えば、常人でもその目に映る景色は変わるでしょう。剣才と覚悟ある半兵衛なら、大願成就も可能です。そうなれば峠の雪女の役目は終わり。幕を引くため半兵衛は麓の村に下り、雪女の噂を聞いてやってきた剣客のひとりを装ってまた峠に戻って後、雪女を退治したと村人達に語ったわけです」

「半兵衛が雪女を演じていたわけですから、その衣装を捨てれば雪女は消えますか。わざと羽織(はおり)や体に傷をつけ、疲れ切った姿で村人の前に現れたりもして」

　この仮説を信用できてはいないだろうが、静也は筋が通っているのは受け入れたようだ。

　岩永は気分良く指をひとつ立てる。

「それに半兵衛がどうやって『しずり雪』を会得したか、周囲に説明する必要もいずれ出てきます。見る人が見れば半兵衛の剣が尋常ならざる経験から仕上がっているとわかるでしょう。まともな廻国修行でそれが可能とは思われない。特別な経験を周りに語らねば疑いを招きます。ばれれば死罪となる真似をしていた身ですから、探られたくはないでしょう。はぐらかすにも工夫が要(い)ります」

　これで謎がまたひとつ説明される。静也も気づいた。

「それが『雪女を斬った』という作り話ですか。半兵衛がことあるごとに雪女について語ったのは自身の悪事を隠し、他に気を逸らすためだったと」

　岩永は肯いた。

「雪女を信じる人にはそれで通用します。信じない人には真実を隠すための作り話とは思われますが、それならそれで峠での凶行がまるごと作り話と思われ、そこにある真実が追及されにくくなる。そもそも秘剣に開眼した経緯をつまびらかにする必然性はありません。たとえ荒唐無稽な内容でも語られれば、周囲は一定の満足をします。大抵の人はつまらない真実より面白い嘘の方が好みです。満足すれば深い追及をしなくなるでしょう」

江戸時代の人間でも無闇に怪異や妖怪を信じはしないだろうが、無闇に否定もしなかったのではないかと岩永は思う。

「半兵衛にすれば周囲に何と言われようと雪女という盾を前面に押し出すのは都合が良かった。無偏流の名を知らしめ、半兵衛の名も広まる。また全てが明瞭であるよりそういった神秘な部分がある方が一般には喜ばれもします。実力は本物ですから剣の腕さえ見せれば、戯言をほざくな、と馬鹿にされても困りません。雪女として自分が斬った者達の供養を欠かさなかったのもその演出の一環かもしれませんが、存外、その者達に恨まれ、化けて出られるのを内心恐れていたのかも」

静也は苛立ったごとく身じろぎした。

「ではなぜ半兵衛は生涯独身を通したんです？　名を成せば家を守るためにも妻を取ろうとするはずです。なのに周囲の勧めを断り続けています」

「峠での死線を越える日々を、半兵衛が無傷で終えられたでしょうか。複数の剣客を同時に相手することもあったでしょう。そんな生半可ではない斬り合いを繰り返す中で男性器に深手を負い、不能となっていてもおかしくありません。先日も言いましたが剣客にはある話です。木剣でも急所は潰れます。真剣ならなおさら。ゆえに半兵衛は妻を取れなかった。そういう傷は大っぴらには語りづらいですから、親しい者の中には知っていても沈黙を守り、後世に残っていないだけでは」

「では養子の勇士郎への不可解な態度は？」

「半兵衛も剣で名を上げ、無偏流を完成させたのですから実子の後継ぎがほしかったでしょう。けれど現在子作りはできない。立ち返って半兵衛も男です。その上美男です。先日あなたも口にされましたが、廻国修行中にどこかの村娘や町娘と関係を持っていても変ではありません。関係を持った後、無責任に放って修行を続けていたとしても。そんな娘の中に、半兵衛の子を身ごもって産んだ者がいた」

うめくのを堪えるようにした静也に岩永は語る。

「峠で凶行に出る前の廻国中にできた子なら、白倉家に入った時にちょうど五、六歳。計算も合います」

勇士郎が白倉家に入ったのは半兵衛が郷里に戻って五年後である。廻国修行は約二年。ぴったりである。

「なら実子として家に入れればいいでしょう？　頑なに実子であるのを否定し、養子にしなくとも」

「体の関係だけ持って捨て置き、何年も後から子どもを引き取りたいとその娘に言って丸く収まると思いますか？　娘の立場にもよりますが、その頃には誰か誠実な男と結婚して子どもを育てているかもしれません。なら半兵衛に子どもを渡したりしないでしょう。半兵衛が子どもを手に入れるにはかなり強引な方法を取るしかありません」

岩永は遠慮なく半兵衛に悪事を働かせていく。静也の中で半兵衛はすでに雪女を騙した上に返り討ちにされた男のはずだから、イメージはさしてずれていないはずだ。

「押し込み強盗にでも見せかけて勇士郎の家の者を皆殺しにし、ひとり生き残った子どもを自分のものにする、といった方法です。勇士郎も五、六歳ですからさすがにそのままさらって白倉家に連れてきては当人も状況の異常さがわかるでしょう。とりあえず勇士郎を孤立させ、周囲が引き取り手に困っている時にうまく自分の所に誘導する。金を惜しまねば人を使って引き取らせ、白倉家へと連れてこさせるのもたやすい」

江戸時代にここまでやれたかは保証できないが、できそうに聞こえればいい。

静也が黙っているので岩永は疑問点を片付けていく。

「この経緯なら半兵衛は勇士郎を実子とは言えません。そう言えばどこの誰との間の子かと説明を求められるでしょう。真実を語ればその子の母親一家が不審死し、都合良く半兵衛が引き取った経緯が探られるかもしれない。おのれの悪事が露見しかねません。疑われても勇士郎との血縁は隠すしかないんです。一方で実子であり、剣才も継いでいるのだから大事にはします」

岩永はここまで語ってひと息つき、首を傾げた。

「これであなたの疑問は解消されました。半兵衛はひたすらおのれの悪事を隠そうとして、一見不可解な行動を取っていただけです」

証拠はないが辻褄が合い、雪女の仕業とするよりは地に足がついている。

静也はそれらの否定をあきらめてかわずかに身を乗り出し、今にも刀を抜かんばかりの目で問うてくる。

「では半兵衛は誰に殺されたんです？　半兵衛ほどの剣客を当時、誰が殺せたんです？」

最大の謎であるが、岩永はすでに解決の準備を終えていた。右手をかざし、静也の気迫を押し返す。

「まだわかりませんか？　半兵衛を殺す動機があり、剣の腕も確かな人物がひとりいるじゃあないですか」

一瞬静也は理解しかねるといった不満を吐こうとする動きを見せたが途中で固まり、呆然と言った。

「よもや、白倉勇士郎！」

「はい。五歳前後まで育った家庭を簡単に忘れるものでしょうか。彼は何者かが自分の家族を殺したことを憶えていた。そして長じて犯人が半兵衛であると気づき、あるいは前々から気づいていてその機会を待ち、復讐を果たした」

　因果応報の物語である。岩永は挑む調子で訊いた。

「ない話ですか？」

　静也は動揺したのを恥じるように白い頬を紅潮させ、座り直してカモミールティーを口にし、不承不承の様子で言う。

「それは、ええ、いくら半兵衛でも大事にしている勇士郎から襲われるとは思わず、油断して正面から斬られるかもしれません。その時勇士郎は十五歳にはなっており、無偏流の秘剣のうち『落花』と『弓張り月』を使えたともいいます。だとしても」

　後半は口許に手を当て、やはり受け入れがたそうにした。岩永としては無理に納得してもらわずとも構わないが、もう少し補強を行う。

「勇士郎も父の強さはわかっています。あらたまった場所や機会を作っては油断も薄くなる。ゆえに昼間、弟子への指導の途中に半兵衛が屋敷へ行った時といった日常、勇士郎はどうも猫が入り込んだみたいで、と父に声をかけて庭先に下り、半兵衛も釣られてそちらをのぞき込んだ時、木陰にでも隠していた抜き身の刀を取ってひと息に斬りつけた」

　紛れもなく計画殺人である。兵法としては剣を合わせて勝つだけではなく、相手に剣を抜かせず、それこそ備えもさせずに勝つのを尊ぶ考えもある。相手が実力を出す前に封じる。命の遣り取りにフェアプレイなど笑止という発想だ。

「半兵衛が勇士郎の殺気を勘づけなかったとは考えにくい。けれど日頃から勇士郎がそれに腐心していたとすればもしやもあるかもしれない」

静也は腹立たしげながらも判断をそう保留し、最後の謎に解を求めた。

「でもまだ半兵衛の最期の言葉が説明されていません。なぜ弟子達に『ゆきおんな』と犯人を指すごとく告げたんです？　雪女は半兵衛の作り出した嘘の存在なんでしょう？」

被害者の最期の伝言、いわゆるダイイングメッセージと呼ばれるものの解釈の問題だ。しかしこれはどうとでも処理できるゆえに、信頼できない手掛かりの最たるものでもある。

岩永は詐欺師が純朴な青年を丸め込むみたいにその言葉を無効化していく。

「瀕死で出血多量の中でもらした言葉です。声はかすれ、ろれつも怪しくなっているでしょう。音の似た言葉なら周りが聞き間違えもします。本当は半兵衛はちゃんと犯人を告げるべく、『ゆうしろうがやった』と言おうとしました。ところが『ゆうしろうが』までしか言えず力尽きた。これがかすれた声で途切れがちに発せられれば『ゆしろうが』とも聞こえます。ほら、『ゆきおんな』とは母音がひとつしか違いませんよ」

ほとんど目くらましの三段論法めいているが、聞き間違いの経験のない人間はまずいないだろう。そこに聞き取りづらい声が合わされば、全く違う言葉に化けてしまう。

呆気に取られている静也に岩永は臆面もなく言ってやる。

「無偏流の弟子達はまさか勇士郎が犯人とは思いません。逆に半兵衛が雪女を斬った話は皆知っています。頭に『ゆ』がつき、半兵衛を恨んでいそうなものとして最初に雪女を連想するでしょう。そのため母音がほぼ同じの『ゆしろうが』を『ゆきおんな』と聞き違えてしまった」

　静也は岩永の真意を測りかねるように唸った。

「それはもう、詭弁ではないですか？」

「全くです。では弟子達はちゃんと『ゆうしろうが』と聞き取れたけれどあまりに信じがたく、脳内で『ゆきおんな』と変換してしまった、というのはどうです？」

　岩永は詭弁と認めながらもさらに畳みかける。

「こういうのもあります。早い段階で犯人は勇士郎とそこにいた者達はわかった。その動機も勇士郎から語られた。けれど勇士郎を犯人として捕らえ、真相を公にすれば、無偏流はおしまいです。無偏流を完成させた半兵衛は数々の悪事に手を染め、最後は無残に実子に斬り殺された。ひどい醜聞ですよ。それを隠し、内々で勇士郎に切腹をさせて責任を取らせても有力な後継ぎがいなくなる。また勇士郎は仇討ちを果たしただけであるから、ある意味罪はないという判断もできる。よってそこにいた者達は口裏を合わせ、真相を隠蔽して勇士郎に粛々と後を継がせた。勇士郎も白倉家に入るまでの過去は忘れたと全てを葬った」

こうして岩永は、最期の言葉に重大な意味を求めるのが無意味であると感じさせる。

「半兵衛の変死を隠し切るのは難しいため表沙汰にはするが、それにまた雪女を関係させて無偏流の名が広まるのを狙った。雪女を斬って名を上げた剣客が雪女に殺されたごとき謎の死を遂げる。物語的な魅力があり、話題になりそうです。この場合半兵衛、実は何も言い残せずに死んでいたというのでも支障ありません」

岩永の狙い通り、静也は悔しげに眉を歪める。どう反論しても現実的な解釈が行われると、刀を鞘から抜く前に柄頭を押さえ込まれた格好かもしれない。

風に吹かれてか、窓ガラスに雪の粒が時折当たる。岩永はティーカップを口許へと運びながら努めて明るく言った。

「ご要望通り、全てを合理的に説明しました。証拠はありませんが、江戸時代の出来事ですからね。ただ雪女なんてものがいなくとも、半兵衛に関する謎は全て解けるんですよ」

静也はしばらく微動だにしないまま背筋を伸ばして座っていたが、やがて皮肉っぽく微笑んだ。

「秋場の言っていた通り、恐ろしい人ですね。そこまで白倉半兵衛を悪党にしてしまうとは」

傍証だけから江戸時代の怪異な謎と事件に合理的解釈を与えるのを恐ろしいと言うのもどうだろうかと岩永はちょっと考えた。証拠もなしに妖怪や化け物がいると断言する者の方がよほど恐ろしい気がする。証拠はなくても妖怪や化け物はいるので、その者は真実を語ってはいるのだが。

岩永は肩をすくめた。

「真実には救いがなく、ゆえに隠されたかもしれないと先日も言いましたよ」

「そうでしたね」

静也も覚悟はしていたろうが、人というのはたとえ動かぬ証拠が揃っていても、信じたくない説明は受け入れづらいものだ。岩永の合理的解釈に納得した素振りはない。根本的にこの解釈は嘘で成り立っているので、信じないのは健全な感覚を持っているとも言える。ややこしい状況だ。

そんな静也を慰めるでもなく岩永はこう返した。

「では半兵衛が本物の雪女との間に子どもまでもうけ、あげくその雪女を殺そうとしたが返り討ちにされた、というのが真実であるのとどちらがましです?」

静也が次の瞬間にはテーブルに手を突き、椅子から腰を浮かさんばかりに前のめりになった。静也が半ば信じる仮説を岩永がさらりと口にしたのに反応しないではいられなかったのだろう。

「なぜそれを！　やはりそちらが真実で」

「早合点はいけません。今も昔も雪女なんていませんよ。それが真実のわけありません」

岩永は左手を上げて制した。人は信じたいものを信じる。静也は自分なりに過去の出来事を推測していた。また自身に異質の感覚がある。それに合わない仮説を信じさせるのは、辻褄が合っているくらいでは足らない。

静也は問いたいことが山ほどあるといった様子であるが、岩永が悠然としているのに踏み込みあぐねているのだろう。

そして岩永はあくまで呑気に軽く、こう切り出した。

「せっかくです、戯れに雪女がいる前提で全ての謎に辻褄が合う仮説も語ってみましょう。白倉半兵衛はいかにして雪女に出会い、十五年後に死ぬことになったか」

戯れとは言ってもこれから岩永が語るのは、無偏流という剣術と雪女にまつわる真実だった。


廻国に合わせた羽織袴に菅笠をかぶった白倉半兵衛が雪女が現れるという峠の半ばまで達した時、辺りに靄とも霧ともつかないものが急に広がり出した。夕刻近いとはいえまだ日はあり、つい先程まで湿った風の流れもなかったのに、突然違う場所に迷い込んだごとき変化だった。

半兵衛は立ち止まり、かぶっていた菅笠をゆっくり頭から外すと地面に落とした。

「来たか、雪女」

呟くと、まさしく前方から黒髪をし、死に装束のごとき真っ白い着物姿の女がひとり現れた。右手には氷細工とおぼしき刀が鞘もなく握られている。見える限り、その氷刀は鍔も柄も通常の太刀と同じ形状になっている。

女は白い肌で、冷え冷えとした気配と目をしていた。吐く息まで凍てついていそうな物腰をしている。雪をあやつり、人を凍えさせるのが当然といった気配だ。

しかし美しかった。半兵衛はこれまで生きてきて女人の姿から目をしばしでも離せなくなったのは初めてだった。

女は右手に握る氷刀をひと振りしてみせ、艶然と半兵衛に言う。

「何とも細身の、見てくれは良い男であるな。おぬし、その腰の刀は飾りか？　捨てて去るなら見逃してやる」

半兵衛は相手との間合いを測りながら腰に差した太刀の柄を握った。

「まだ未熟ながら、この細腕にはいささか覚えがある。お前がこの峠で数々の剣客を斬っている雪女か？」

「いかにも。おぬしの剣、いかほどか見せてもらおう」

雪女は点頭しながら氷刀を自然に、呼吸するがごとく中段に構えた。半兵衛も鞘から刀を抜いて同じく中段に構える。

雪女との間合いはまだ遠い。一足では斬りかかれない。十歩以上の間が開いている。

雪女の構えは半兵衛の感覚からしても優れていた。剣先は静止し、型が崩れない。かといってどこか一点に力が入っているとも映らない。全身に力が入っているとも、全身に力が入っていないとも取れる。つまりどうにでも変化できる用意があり、どこから斬りかかられても同じ速さで応じられる構えなのだ。

(まるで隙がない。この妖怪、できる！)

半兵衛は相手が怪異であるという恐れは全く抱いていなかったが、その構えには肌を粟立たせた。相手から奇怪な力を感じるからではなく、理にかなった力を感じるからの恐怖だった。

そんな半兵衛とは対照的に、雪女は剣先を半兵衛に向けたまま力みなく言う。

「この氷で作った刀、長さは二尺四寸。おぬしの持つものとそう違わぬ。硬さも形もよくある太刀と同じにしてある。斬り合いの途中で長さを変えたりもせんから、安心せよ。尋常に剣の腕のみにての勝負だ」

「妖怪が剣で侍を殺すのになぜこだわる？　化け物ならあやかしの力でいかようにでも襲えよう。よほど侍に恨みがあるか？」

武士の象徴でもある刀で倒すことでその矜持を踏みにじるといった意図でもなければ、妖怪がそうする理由はないだろう。それも何十人も侍を斬っているのだ。

雪女はつまらなそうに答えた。

「恨みなど微塵もないぞ。さて、あとは剣で語ろうか」

そう言うや、雪女はするすると間合いを詰めてきた。これもまた妖異の力、あやかしならではの幻惑の術を使っての動きではない、剣を振るのにきわめて適した足さばきによって半兵衛に迫っていた。けして動きやすいと言えない女の着物姿にもかかわらず、その足さばきには無駄がなく、理想的でもあった。

(この動き、なんという鋭さか！)

半兵衛が上げた刀と雪女が振り下ろした氷刀が刃を合わせ、一瞬音を立てた。そのまま鍔迫り合いになるが、半兵衛がわずかも気を抜けないと額に汗を浮かべたのに、雪女は余裕ありげに言う。

「おぬし、やるな。ちゃんとこちらの剣が見えておる」

鍔迫り合いは雪女の方が優勢であった。雪女の方が膂力があるからではない。雪女の方が力を入れやすい角度、体勢、位置を巧みに取っているため、半兵衛が押される格好になるのだ。

半兵衛はふっと息を吐くとわざと力を抜き、するりと刀をひらめかせて雪女の氷刀を外すや相手の胴へと横から斬りつける。雪女は想定内のごとく後ろに下がってかわし、再び中段に構え直した。

かわされるのは予期できたが、半兵衛の雪女への恐れはいや増していた。

（怪異な力と戦う覚悟はしていた。それを期待していた。だがこの妖怪の剣はいっさい怪しさがない。むしろ正統で完成された剣、それもこれは！）

半兵衛も中段の構えに戻り、遠い間合いにいる雪女に問わずにいられなかった。

「妖怪、その剣、どこで覚えた？　よもや無偏流剣術ではないか？」

信じがたくも半兵衛が心身に染み渡らせたその剣術が、雪女から感じられるのである。剣の筋が合っているのである。

雪女が嬉しげに顔をほころばせる。

「やはりおぬし、無偏流を修めた者か。ではこれを受けられるか？」

転瞬、雪女の姿が消えた。いや、かろうじて半兵衛の長年の鍛錬と剣才がその動きと剣の流れを捉えていた。十歩は離れた間合いが劇的に詰められ、半兵衛の首元へ氷の刀が左から横薙ぎに接近していた。

（間違いない、これは無偏流秘剣のひとつ、『落花』！）

下がってかわす間はない。少々下がるのも織り込まれた踏み込みの一刀だ。半兵衛はおのれの刀を微妙に角度をつけながら上げ、氷刀の容赦ない軌道をぎりぎりで外へと受け流す。極められた『落花』の斬撃をただ手前に刀をかざして防ごうとすれば、その刀身ごと体を断たれる。相手の力を的確に逸らさねば必死となる。

雪女は氷刀を受け流されても体勢を崩さず、そこに打ち込まれる隙など作らなかったが、さらに斬撃を繰り出す形にまではなれていなかった。半兵衛はすかさず離れて雪女と間合いを取り直し、構えを作る。斬撃を逸らした半兵衛の方が体勢を崩し、離れねば危うかった。

雪女は左手一本で氷刀の柄頭を握った状態でいる。片手剣で横薙ぎにする『落花』を放った証拠でもあった。

雪女は氷刀を両手で持ち直すと離れた半兵衛にいっそう嬉しげにする。

「見事！　どうやらおぬし、『落花』を使えるな？　ならこれはどうか？」

言うや雪女は氷刀を下段に構えた。半兵衛は戦慄した。

（この妖怪、もうひとつの秘剣、『弓張り月』まで使えるのか！）

はったりではないだろう。『落花』を完璧に使えただけでなく、使った後も隙を生じさせないほどの者なら、ふたつめの秘剣も会得していると考えた方がいい。

半兵衛はおのれの不明を恥じた。

（所詮妖怪の使う剣と、どこかあなどっていた。この雪女、無偏流の剣客として俺より上かもしれん）

人と妖怪の能力の差ではなく、純粋に剣の腕に差がある。これまで何十人という剣客を斬った経験の差か。ならばと半兵衛は腹をくくれた。迷いや恐れも息を三つしないうちに退いた。相手が何であれ無偏流を使うというなら、同じく無偏流を修めた者として後れを取るわけにはいかない。何十人という剣客を斬った者を斬れれば、その経験全てをおのれのものにできるとも言える。

半兵衛も雪女と鏡写しのごとく下段の構えを取った。

雪女が眉を動かす。

「む」

そうわずかに声をもらした雪女は顔つきを引き締める。半兵衛の狙いを察したのだろう。

半兵衛は神経を研ぎ澄ませていた。

（あの雪女ほどの使い手から出された『弓張り月』を後手で受けるのは至難。ならばこちらが先に『弓張り月』を出すしかない）

かといってただ先に踏み出せばいいというものではない。相手の呼吸、気の流れ、おのれの神経のどれかを外せば不十分な技となる。雪女もまた下段の構えを保ったまま、いたずらに足を動かさない。

張り詰めた空気が満ちる。白い霧に囲まれているが、雪女との間の視界には全く影響がない。人の世と隔絶した異界に連れてこられ、決闘しているがごときだった。

（いざ！）

半兵衛の足が前へ飛ぶ。下げられていた剣先が半月を描きながら跳ね上がり、矢のごとく真っ直ぐ雪女へ走る。すでに刀を右手一本で握り、右肩を前に突き出す体勢になって両手で持つより遠い間合いへ届く形になっている。秘剣『弓張り月』が半兵衛によって放たれたのだ。

雪女も半兵衛にわずかに遅れて『弓張り月』を放った。そちらも右の片手剣だ。氷と鋼と材質は違えど二本の刀が空中を地面に対して水平に走り、すれ違う。半兵衛もまた雪女とすれ違う。

まばたきひとつするほどの間に両者の位置はぴったり入れ替わっていた。背中を向け合う形にはなっていたが、再び十歩ほどの間合いに離れていた。

半兵衛は倒れず、生きていた。剣を両手で握り直して雪女の方へ向き変わる。雪女も同じ動きで半兵衛に対した。

雪女は口許だけに笑いを浮かべる。

「おぬしの今の『弓張り月』、かわせる者はこの世に五人とおるまい。私の技をかわせる者もまたな」

褒められてはいるだろうが、半兵衛は喜べない。かわしたと言えど、半兵衛の羽織の右肩辺りがざっくりと裂かれていた。身には達しておらずそちらは無傷であったが、完全にはかわせなかったのだ。逆に半兵衛の剣にはいっさいの手応えがなく、雪女の白い着物には一ヵ所としてほころびがない。

（俺の方が動き出すのは早かった。なのに剣はあやつの方が速かった！　膂力の差ではない、あやつの方がより理にかなった動きをしたため、俺より速かったのだ！）

無偏流の剣技では人体が最も速く動ける理を明らかにしている。けれどいかなる時も理屈通り正確に動くのは難しい。できる限り理屈に近い形で動くようにするのが現実であり、半兵衛は修練を尽くしてそれを成し得ていた。雪女も理屈を正確にはなぞれていない。ただ半兵衛よりさらに理屈に近い動きができているのだ。

雪女は中段の構えで目を細めた。

「これまで相手した剣客の中で、おぬしが最も見込みがあるぞ」

半兵衛は疲労の色もない雪女に対し、どんな打つ手があるか淀みなく考える。半兵衛はまだ『落花』の秘剣を出していないが、迂闊に使っても通じないだろう。少しでも雪女の剣筋を読み、しばしは守りに徹するべきか。

時間稼ぎも狙って半兵衛は刀を構えたまま雪女に尋ねる。

「雪女、なぜここまでして剣客を狙う？　その目的は何だ？」

意図を読んでか雪女は話に乗らず、

「これを受けきれれば教えてやろう」

そう言って構えを中段から脇構えに変えた。左を前に半身となり、剣先は右斜めへ下げる。柄頭が半兵衛の方に向き、刀身の半分以上が雪女の足に隠れた。

半兵衛は懐中にいきなり氷塊を放り込まれた気になった。

（まさか、そんな。まだ上があるのか？　まさかこやつは会得しているのか？）

直感でしかない。半兵衛の剣客としての勘がそれを知らせていた。

雪女の黒い髪の先が揺れ、わずかに舞って見えた。

「これがおぬしに見えるか？　秘剣、『しずり雪』」

半兵衛は一度もまばたきをしていない。雪女から、その剣から視線を外さず、意識も逸らしていなかった。一足一刀の間合い、必殺の間合いに蟻一匹でも入れば反応できる自信があった。

だが動けなかった。雪女が動いたと認識はできているのにおのれの体が動かなかった。体が他の危険を察知してそちらに動こうとするのを、頭は別の危険に応じるべく指示してせめぎあっているようだった。

雪女の間合いを詰める速度はこれまでのふたつの秘剣に劣っていた。にもかかわらず雪女がどう動いたか、どう動いているか反応しきれなかった。

（これは同時に多数の剣撃を繰り出そうとでもいう動作、いや、分身したそれぞれが違う斬撃を放とうとしているかのごとき動き！　脇構えから出せる斬撃は限られているのに、まるで前後左右、上下も加えた全てから斬撃が来そうな剣気！　足さばき！）

半兵衛は迫る雪女に剣を構えたまま硬直していたが、頭は高速で状態を分析していた。無偏流の理を突き詰める鍛錬をしているからこそ可能な技巧だった。

命が刈り取られん瀬戸際にあって、半兵衛は歓喜した。追い求めていたものの実像を目の当たりにした喜びに満ちていた。

（そうか、これが『しずり雪』！　その動きがあらゆる方向、あらゆる瞬間に斬撃を見舞うがごときものに映るため、剣を知る者ほど混乱する！　どれに反応し、どう受けるべきか判断がつかず金縛りになってしまう！）

極意がつかめたわけではない。その理がはっきりと描けたわけではない。どうすればそんな動きができるのかさっぱりわからない。それでも影は見えた。これまで全く見えなかったものを、半兵衛は見て取った。半兵衛ほどの剣才と精神があれば、それだけで『しずり雪』を会得する道を塞いでいた門を、その先に想像を絶した厳しさの道があれど、開くことができた。

歓喜の直後、半兵衛の手から高い音を立てて刀が弾き飛ばされた。半兵衛は倒れながら地面をごろごろと転がり、最後、仰向けで横たわる。小袖の腹から胸元にかけて真っ直ぐ斬られ、血がにじみ出していた。

だが半兵衛は生きていた。それどころか腹から胸へと斬撃を浴びてはいたが、刃はわずかに肉に達しただけで、かすり傷と言えるものだった。勘だけで雪女の剣の軌道に合わせて防御し、刀を弾かれたがとっさに体をひねり、倒れ転がりながらも『しずり雪』をかわしたのだ。

ただし半兵衛の完敗ではあった。仰向けに横たわる半兵衛は息も絶え絶えに口を開け、すぐには立ち上がれないほど全身の筋肉が震えていた。一撃を逃れただけで、追撃に対する余力はなかった。『しずり雪』をかわすのに全精力を使い切ったのだ。

雪女が倒れた半兵衛のもとに静々と歩み寄り、氷刀の切っ先を首に当ててくる。

「今のを浅傷(あさで)でかわせたのは勘だけとも思えんな。されど格好の良い姿ではないぞ」

愉快そうに雪女は上から言う。すぐにとどめを刺す気はないらしいが、半兵衛にもはや抵抗の手立てがないのを見切っているからだろう。

半兵衛は雪女の美しい顔を仰ぎ、荒い呼吸の中で返した。

「俺の負けだ。この首、好きに持っていけ。だがもしお前に剣士の情がわずかでもあるのなら、俺にふた月、いやひと月でいい、時をくれ。その後なら喜んで殺されてやる」

「妙な命乞(いのちご)いだな。そのひと月でどうする?」

雪女は本気で訝しむ調子だったが、半兵衛は即答した。

「秘剣『しずり雪』を会得する！　しかとその極意がわかったわけではない、この体を使えるまでに鍛えられるかもわからん、それでも追い求める剣の刃音を聞いたのだ！　なのに会得に挑まず終わるとは、死んでも死にきれん！」

半兵衛はようやっと起き上がると膝を揃えて座り、雪女の前に頭を伏した。

「頼む！　ひと月だ、その後なら『しずり雪』を会得しておらずとも斬り殺されて文句は言わん。会得しておっても俺はこうしておとなしくお前に斬られよう。どうか！」

武士として、剣士として命乞いとは、それも人ではなく妖怪が相手となれば末代までの恥と誹る者もいるだろう。だとしても半兵衛には、『しずり雪』を会得できない、道が見えたのに挑めない無念の方が恥を上回った。

雪女がほうと長く息を吐く。どこか空を見上げ、落涙をこらえんばかりの息と半兵衛には感じられたが、じき雪女は手にする氷刀を地面に刺して立て、半兵衛の前に屈むとその肩に手を置いた。

「頭を上げよ。むしろ私の方こそおぬしに伏して頼みたい」

雪女の声は真に迫っていた。半兵衛よりもいっそう懇願の響きがあった。頭を上げた半兵衛は雪女のしおらしくもある態度に戸惑い、芸のない問い掛けをするしかなかった。

「頼みとはいかに？」

「私は秘剣『しずり雪』の技と理屈を極めた。その全てをおぬしに伝授させてくれ。そしてこの完成された無偏流をおぬしの手で人の世に広めてくれ」

全く予期しない頼みだった。しかし雪女にとってはそれこそが一連の行動の理由だったようだ。

「あやかしの私では、完成された無偏流を人の世に広めることはできん。ゆえに『しずり雪』を伝授できる人間を探しておった。その理屈は明瞭であり、動きの全てを言葉でも詳細に説明できる。なのにそれを理解し、再現できる剣才と意気を持つ者は滅多におらん。だがようやく現れた。おぬしの力と心根なればできる。それが無偏流を修めた者であるとは、これ以上の幸いはない」

半兵衛は何度も問うたとはいえ、妖怪のこれまでの行動に理にかなった動機があったのに驚いてしまった。

「お前は伝授できる者を選び出すため、この峠に剣客達を誘い、斬っていたのか!」

「うむ、思ったより時がかかったが、甲斐があったぞ。大抵の者は『落花』さえ受けきれず、『しずり雪』に反応できたのはおぬしだけだ」

剣を学び、剣を腰に差しているなら斬られる覚悟も持っているべきで、この雪女に対し剣を抜いた者達が斬り殺されたのはやむをえないとも言える。雪女は刀を捨てて逃げた者までは殺していない。刀を持たぬ者もまた。勝負も正々堂々としていたろうし、時に雪女は複数の剣客を同時に相手したこともあったとなればなおさら。

過去に名を成した多くの剣豪達も戦場で、立ち合いで、多くの者を斬り殺している。上

泉 信綱（いずみのぶつな）しかり、塚原卜伝（つかはらぼくでん）しかり、宮本武蔵しかり。

それでも積み上げられた屍の数と、雪女の剣への執念に半兵衛は慄然とした。しかし半兵衛に拒絶の選択肢はない。その屍の数に足ることを成すのが肝要であり、剣への執念は半兵衛にもある。

「俺も一度死んだ身。たとえ何ものからでも『しずり雪』を伝授してもらえるなら、是非にお願いしたい」

雪女は安心したごとく膝を叩く。

「こちらこそ頼む。それでおぬし、名は何という？」

「半兵衛。白倉半兵衛と申す」

秘剣を伝授される立場ならこの雪女は師に当たると半兵衛は態度をあらためたが、雪女は迷惑げにする。

「そうかしこまらんでいい。いずれ無偏流の名を知らしめる男が化け物にへりくだるようでは示しがつかんぞ」

気遣いなのか信条なのか、雪女はそう言うと半兵衛を立たせながら自身も腰を伸ばす。

「半兵衛、修行は厳しいぞ。はたしてひと月でものにできるか？」

雪女の方から伝授したいと言うのだから、期限をひと月とせずとも良いだろうが、半兵衛も一度は見得を切ったのだから、やってみせねばなるまい。また自力でその理を見つけるのではなく、すでに明らかにされた極意を教わるのだ。当初の見込みより短期で身につける気概でなければならない。

「無論、死にものぐるいで」

その返事に雪女は破顔し、体の疲れをほぐすように肩を回す。

「いきなり修行も何だ、おぬしも身を休め、一度麓に下りて山に籠もる準備をせよ。その際、麓の者には峠の雪女を斬ったと言うがいい。私のここでの目的は達した。退治されたことにすれば後腐れもなかろう。雪女を斬った人間など他にいまい、無偏流の名を広める足しにもなる」

半兵衛も立ち上がったが、なるほどこれから修行するなど覚束ない疲労度だった。雪女から休みを提案するくらいだ、この妖怪も半兵衛との立ち合いは楽ではなかったらしいのに少しだけほっとする。

そう落ち着くと半兵衛は今さらながら最大の不審点に思い当たり、すぐに訊かないではいられなかった。

「それは構わんが、妖怪であるそなたがどこで無偏流を覚えた？　それどころか幻と呼ばれる『しずり雪』を極めているとは、わけがわからん」

すると雪女は誇らしげにこう言った。

「わけは明瞭だ。私は無偏流開祖、井上又右衛門の最後の弟子だ」

窓ガラスの向こうに雪が降る喫茶室の椅子に座ったまま、静也が岩永の披露した真実に愕然と声を上げた。

「峠の雪女が又右衛門の弟子だったとは、そんな！」

岩永は従容と返す。

「又右衛門は秘剣『しずり雪』の完成を目指して五十五歳の時に姿を消し、以後行方知れずになりました。その頃に雪女と出会い、剣を教える機会があったとして、おかしな点がありますか？」

井上又右衛門という開祖の存在を岩永も当初、十分には考慮していなかった。この人物を加えれば、不明点に適切な説明が行えるのだ。

静也から反論が出なかったため、岩永はさらなる過去を語っていく。

「こうして半兵衛は又右衛門の直弟子である雪女から、『しずり雪』を伝授されることになったのです」

半兵衛は麓の村に雪女退治の報告をした翌日、雪女によってどこかの山奥に連れていかれ、そこで『しずり雪』の修行を始めた。山奥にはしっかりとした小屋がひとつ建てられており雨露をしのぐのに不自由はなく、寝具や日常に必要な道具も揃えられ、近くに渓流もあって水にも困らなかった。

雪女は別の所にねぐらがあるのか、日が昇る頃に小屋へやってきて半兵衛を起こすと朝飯を用意して一緒に食べ、そこから日が暮れるまで剣の指導を行うと夕飯を作ってまた共に食して去っていく、ということをしていた。

雪女の課す修行は宣言通り厳しく、日が暮れる頃には半兵衛も息をするのがやっとの時もあった。それでも雪女は日に何度も『しずり雪』の技を再現して半兵衛に見せ、その理屈を一段一段詳細に説明してくれるのだから、これで理解が深まらないわけがない。動きの修正もよほどやりやすい。また半兵衛は剣以外の身の回りの些事(さじ)をする必要がなく、雪女は食事の用意だけでなく、渓流からの水くみさえもいつの間にかやってくれていた。

これではどちらが弟子か師匠かわからないが、雪女は半兵衛に『しずり雪』を伝授するのが全てに優先すると考えているのだろう。ひたすら剣を磨けと追い込んでいたとも言える。

半兵衛がその生活に慣れ、日が暮れて修行が終わった後もまだものを考え、しゃべる余裕を持てるくらいになれたのは開始から十日ほど経った頃だった。そこでようやくこの状況や雪女が又右衛門の弟子になった事情を訊くことができたのである。

「では姿を消された又右衛門様は、ここで俺と同じに修行されていたのか」

日が落ちて後、半兵衛は雪女が作った猪鍋をよそわれた椀を小屋の中で手にしながら、返された答えに驚く。

雪女は肯き、囲炉裏にかけられた鍋の前で自身の椀に箸を入れた。

「ああ、ずいぶん前になるがな。こんな山奥で人間の男がひとり何をしておるのかとうかがってみれば、刀を振ったり回したり、しまいには跳ね飛んで転げたり、そのたび『違う違う』とか『遅い遅い』などと言って座り込み、ますます何をしておるかと怪しくなったものだ」

半兵衛が生まれる前に又右衛門は失踪しており、伝え聞く話はどこか神格化されていたが、かの開祖もまた剣に悩むひとりの人間だったのだ。

「あの者は私が目の前に現れても全く驚きもせず、それどころか『誰か知らんがちょうどいい、これを持ってこう構えろ』と私に木剣を渡して妙な構えをさせ、何やら確かめるみたいにしてまた勝手な修行に戻り、私が化け物の雪女だとわかるまで半月はかかったくらいだぞ」

過去を語る雪女は腹立たしげにはしたが、憎々しげではない。

「面白いやつであった。おのれの剣術が不完全なのに懊悩し、ひたすら『しずり雪』という秘剣を完成させようとしていた。放っておくとものを食べるのも忘れるくらいで、ずいぶんと世話を焼かされたものよ」

　半兵衛へのこの修行中の行き届いた世話も又右衛門の時に覚えたものらしい。

「ではそなたはどうして又右衛門様から無偏流を習ったのだ？　妖怪に必要なものでもなかろう？」

「あやつがあまりにおのれの剣ばかり思い詰めるからな、気散じになるかと、その無偏流とやらを私にも教えてみよ、化け物なりに気づくところがあるかもしれんぞ、と提案してやった。又右衛門は気が進まん風だったがおのれの修行は明らかにうまくいっておらん、何か足しになるかと教えてくれた」

　雪女はそう言ったが、また腹立たしげにする。

「なのに私は覚えが悪い、無偏流は教えが明瞭ゆえ、その通りやるだけというのに、と怒鳴られたものだ。人の剣術を妖怪がよく使えずとも構わぬだろうに」

　自分で提案はしたが、雪女も剣に妥協をしない又右衛門の性情には文句があったのだろう。そして雪女は椀から持ち上げた箸を止めた。

「されど人とははかない。あれがここで生きておったのは三年ほどだ。どこか悪くしたわけでもないのにある日ぱたりと倒れ、一時もせんうちに息を引き取った。おのれの命がわずかなのを悟ったのだろう、又右衛門はついに『しずり雪』の真理を解けず、その完成を成し得なかった無念に涙しながら逝った」

又右衛門が弟子達の前から姿を消して間もなくこの山に籠もったとしても五十八歳ほど。六十歳前後で亡くなった勘定になる。

「又右衛門様はついに『しずり雪』を極められなかったのか」

「うむ。だから私が最後の弟子として、『しずり雪』の極意に至り、会得すると決めたのだ」

又右衛門の死の時まで共におり、剣を指導されたのだから、たとえ妖怪であってもこの雪女が最後の弟子だ。その遺志を誰より受けた剣士だ。

「それから三十年以上剣を振り、ようやく最近『しずり雪』の開眼に至った。ついにその極意を明らかにし、又右衛門の無偏流を完成させたのだ」

雪女は感慨無量と半兵衛に笑う。その執念だけでなく、半兵衛はかけられた時間の重さにも圧倒された。

「ではそれまでたゆまず剣の修練を重ねたのか？」

「又右衛門の教えは明瞭であったからな。化け物は人ほど眠らずに済み、休まずとも生きられる。剣才がわずかな私でも、一心に剣を振り続ければそんな僥倖(ぎょうこう)にも恵まれる」

三十年以上、一心に剣を振れるのがまず剣才のひとつであり、多くの剣客が持ち得ぬものなのだ。

（このものがそこまでして至った技を、こうもたやすく伝授されて良いのか？）

半兵衛のそんな懸念を雪女は察したのか、雑念を持つなとばかり首を横に振った。

「私は化け物、人の世に無偏流を広められん。化け物から剣を習おうという物好きも滅多におるまい。また化け物の作った技と蔑まれるかもしれん。せっかくの『しずり雪』もこのままではまた幻となる。だから又右衛門の剣を継げる者を探さねばならなかった。そしてやっとおぬしが現れた。おぬしがおらねば又右衛門の無念は続くところだった」

雪女は命じる調子ながらも、切願に満ちて言う。

「半兵衛、『しずり雪』を会得せよ。そして無偏流の名を、又右衛門の求めた技を残せ」

「ああ、我が剣に誓って」

『しずり雪』を半兵衛が会得するのは彼個人の欲だけでなく、又右衛門の遺志とこの雪女の願いでもあるのだ。応えないわけにはいかない。

そして半兵衛はちょっとためらいはしたが、もうひとつの気掛かりについても尋ねた。

「それで、先日から飯時に現れるこのものはいったい誰なのか?」

雪女の隣に、よく似た容姿をしているがやや歳若く感じないでもない女が座って黙々と猪鍋を食べている。勝手に椀へすくい、もう三杯以上口にしていた。

どうも同じ雪女の仲間らしいが五日ほど前から当然のごとく同席しており、半兵衛はつい触れ損なっていたのだ。

雪女はうっとうしそうにその仲間を見遣る。

「私の妹だ。食い意地の張ったやつでな、又右衛門の時も私が作ると一緒に食べにきていた。まあ、山菜やら獣の肉やら食材を調達してきてくれるから、無下にはせんが」

妹の雪女は箸を動かしたまま抗議した。

「姉上の剣の修行にも付き合ったでしょう。時には私も木剣を持って相手をして」

「早々に飽きたではないか」

妖怪にも兄弟姉妹があるのか、と半兵衛は意外に思いながら、自分にとって肝要な点について訊いてみる。

「妹御の剣はどれほどの腕前で？」

「さしたる腕ではないな。基本は身につけさせたが、もう忘れているやもしれん」

身内でも評価に手心は加えないらしい。妹の雪女は気にした風もない。

「我らあやかしなら、剣がなくとも相手を倒す方法などいくらもありましょう」

雪女は相手にするだけ無駄とばかりに切って捨てる。

「おぬしに又右衛門の剣の妙はわからぬか」

半兵衛にもわかっているとは言えないが、この雪女がわかっているだろうことに疑問の余地はなかった。

それから数日ほど後、半兵衛はひとり、雪女に指示された通り木剣を右手に取った形で秘剣のひとつ『落花』の型を繰り返していた。百回繰り返せば次は左手に持ち替え、また百回行うべしと厳命されている。

その間、雪女はどこか別の用に出ていたが、妹の方がふわりと空を飛んで現れ、手近な梢に腰を下ろすとこんなことを尋ねてきた。

「剣とはそれほど面白いものか?」

妖怪だけでなく、人からも何度か問われた経験があったが、半兵衛にも明確な返事はできない。苦笑してこう答えるしかなかった。

「さて、くだらぬものと言われればそうかもしれん。だが俺には剣に懸けぬ人生もまた考えられん」

到底納得されないと思っており、妹の雪女もつまらなそうにしたが、いきなりこんな事実を口にした。

「姉上はな、又右衛門との間にひとり、子を生しておるのだ」

半兵衛は『落花』の型が崩れそうになり、筋肉が道理に合わない力の流れにきしんだが、わずかにたたらを踏むだけで耐えた。関係性は薄々察してはいたが、子がいたとまでは想像していなかった。

「やはりあのものは又右衛門様とそういう仲であったか」

「うん、子が腹にいるのがわかったのは又右衛門が亡くなった後だ。姉上はその子を産みはしたが、剣の修行の障りになるとして子宝に恵まれん人間の夫婦に譲り、『しずり雪』

とかいう技の開眼に尽くされた」

　ますます半兵衛はあの雪女の執念に圧倒される。木剣を振るのを止め、梢にいる妹の雪女の話に集中した。

「幸いその子は人の親を持って元気に育ち、肌こそ白いが今では三十を越えた立派な男だ。姉上も遠くから様子をうかがうくらいはされているが、会おうとはされん」

　妹の雪女は半兵衛を見下ろす。

「化け物が人との子を山奥でひとり育てるのもその子のためにはならんが、子を捨ててまで極めねばならん剣があるとは、私には不思議でならん」

　半兵衛にも不思議という感情がないではないが、その選択をしないではいられなかった感情は苦しくもわかる。

「又右衛門様なら、子より剣を取られたろう。そなたの姉上はその想(おも)いを継いだだけかもしれん。また化け物として人との子を育てるためらいがあれば、あのものに残された又右衛門様とのつながりは剣だけだったのでは」

「剣だけか。そういえば姉上は又右衛門の形見である刀を今も大事にされている。時折手にして見つめたまま、長くじっとされていたりもする」

　妹の雪女はその有様を憂えてか、深いため息をつく。又右衛門なら刀を手に山籠もりをしていたろうから、形見として残るのは自然だろう。あの雪女はその刀に又右衛門を見ていよう。又右衛門の悲願を。

「ならば、俺は早く『しずり雪』を会得せねばならんな」

半兵衛はそんな雪女の来し方にもはや他にできることもなく、木剣を握り直して振るのに戻ろうとしたが、妹の雪女は半兵衛も姉も理解できぬとばかり、

「おぬしも度し難いやつだな。だから人になど入れ込むものではないのだ」

と言い捨ててまたどこかへと空中を飛んで姿を消した。半兵衛はそんなあやかしを見送り、木剣を構えたが、振り出す前に呟かないではいられなかった。

「そうか。あの雪女は又右衛門様の最後の弟子のみでなく、最後の妻女でもあったか」

それが幸いであったのか、問うのも愚かに思えた。どんな答えであっても誰かが傷つくと感じられたのだ。

静也が信じがたそうに言う。

「半兵衛と雪女の間ではなく、又右衛門と雪女の間にこそ子があったというのですか?」

岩永はテーブルに伏せた携帯電話で時刻を確認しながら軽く認めた。

「はい。そうと考えれば後々辻褄も合います」

示すところを察してか、静也の瞳が揺れた。

「では、白倉家に養子に迎えられた勇士郎は？」

岩永は再度静也を制し、話の順番を変えずに進める。

「こうして半兵衛は『しずり雪』の修行に努め、どうにかひと月で我がものとします。雪女によって理屈はすでに明瞭にされ、指導も適切かつ念入りにされたのです、努力を惜しまねば十分会得できたでしょう」

とはいえ半兵衛だからできたには違いない。

「半兵衛は山を下り、郷里に戻ると雪女との約束を守り、『しずり雪』の会得による無偏流の完成を広めます。その際『雪女を斬った』という逸話を欠かさなかったのは、そうすれば名が広まりやすいという雪女の指示もあったでしょうが、半兵衛自身がそうしないではいられなかったのでしょう」

またひとつ謎が解かれる。雪女が実在するからこその合理的な動機だ。

「無偏流の完成には雪女の存在は欠かせない、雪女のおかげである、たとえ斬られた者として伝えられるにしても、無偏流からけして省かれない大恩あるものとして半兵衛は雪女の名を刻もうとしたんです」

「だから半兵衛は何度周囲から注意されても、雪女について語るのをやめなかった？」

疑問形ではあったが、静也はその動機に納得の色を映す。

「心苦しくもあったのでしょう。半兵衛は結局自力では『しずり雪』に至れなかった。なのに他者から譲られた手柄で周りから賞賛される。よほどの悪人でもなければ居心地は良くないでしょう。だから謙遜でも韜晦でもなく、雪女のおかげと言い続けるのがせめてもの贖罪だったのでは。また峠で雪女に討たれた者達の供養を欠かさなかったのも、その者達が雪女と自身の剣のために犠牲になったのを弔う必然性を感じていたからでは」

岩永は時間を気にしつつ、いよいよ勇士郎の謎にかかった。

「そして郷里に戻って五年、無偏流は隆盛の途中にあり、独り身の半兵衛が白倉家に養子を迎えることになります」

半兵衛は雪女と別れて五年、無偏流の名を順調に高め、広めていた。藩主の求めで御前試合を行い、その技の冴えを讃えられて褒美に名刀を下賜されてもいる。半兵衛は剣の腕を伸ばすのに余念はなく、日々上達している自覚もあった。それでもあの雪女の剣にはいまだ到底かなうと思えず、また虚しさも増さないでもなかった。

そうして夜中にひとり、屋敷の縁側に出て秋の月を見上げていると、空から素早く庭先に降り立つものがあった。半兵衛がその気配を感じ取るのが遅れたほど静かな飛来だった。

飛来したものは月光の下、縁側の半兵衛を認めると安堵の声を出す。

「おう、半兵衛。ちょうどよかった」

雪女であった。山籠もりを終えて後、初めての再会であった。半兵衛は慌てて自身も庭へと下りて雪女に近づく。

「どうしたのだ、こんな時分に？　五年ぶりだが、そなたは変わらぬな」

つい弾んだ声になってしまったが、おのれは五年分老いて変わったところが多いのに気づく。そして雪女が五、六歳ほどの男の子を両手に抱えているのに目が留まった。男の子は眠っているのか気を失っているのか、瞳を閉じて動かない。

雪女はその子を抱えたまま頭を下げる。

「すまぬ、半兵衛。どうかこの子を育ててくれまいか？　又右衛門の孫になる子だ」

「又右衛門様のというと、そなたの孫か？」

半兵衛はまじまじと男の子を見つめた。言われれば雪女に似て眉目秀麗で、肌も透き通らんほどに白い。血を引いた者と合点がいく。

雪女は男の子を縁側に寝かせた。

「この子のいた村が水害に遭い、私が気づいた時にはすでに両親が流され、亡くなっておった。どうにかこの子だけは助けられたが、安心して預けられる者がおぬししか思い当たらなんだ」

「水害とは、ではそなたの息子は」

「言うな。この子が助けられただけで幸いだ」

産み落とした後は人間に譲って育てなかった息子とはいえ、亡くして心が痛まないわけはないだろう。半兵衛はそれこそ気になったが、雪女は遮った。確かに失ったものより助かったものの今後を考えるべきではあろう。

雪女は苦しげにまた頭を下げた。

「おぬしにもすでに子や奥方はあろうが、どうかこの子を頼まれてくれまいか」

その言葉に半兵衛は一瞬惚けたが、すぐわざと明るく答えてみせた。

「安心せい。俺は気楽な独り身だ。周りから後継ぎをと何人も娘を連れてこられてほとほと難儀していた。この子を引き受ければちょうど良く後継ぎにできる」

「まだ独り身とは、子も作らず将来無偏流をどう広めるつもりであった！」

雪女は妙な点に怒りを露わにしたが、すぐばつが悪げに眉を下げる。

「いや、すまん、おぬしの尽力は噂に聞いておる。無偏流の名は高まり、遠くまで響いておるぞ」

半兵衛は笑んでみせ、男の子の頭をそっと撫でる。

「下手に血縁にこだわるとかえって縮こまる。優れた弟子に継がせた方が発展すると思っておった。だがそなたと又右衛門様の血を引くこの子なら、剣才もきっとあろう。俺より優れた剣客になるに違いない」

雪女が息を呑んだ。

「良いのか？　我が子に継がせたいのが人の親であろう？」

「何を言う、今の無偏流はそなたによって完成されたものだ。今は俺がたまたま預かっているに過ぎん。そなたの血を引く子に返すのが道理ではないか」

半兵衛は本気でそう思っていた。ここ数年の鬱屈（うっくつ）と虚しさの半分はこれで晴れた心持ちになった。

雪女は一瞬嬉しげにしかけたがすぐに顔を引き締め、半兵衛の手を取る。

「すまん。もしこの子に剣才があるなら、又右衛門の剣を伝えてやってくれ。名を『ゆうしろう』というそうだ。字はあいにく知らんが」

「ゆうしろうか。なら勇ましい字を当ててやろう。そなたの技も伝授しよう」

半兵衛がそう固く手を握り返す間もあらば、雪女はすぐ離れ、もう一度男の子に近づいて頬に触れると、空に浮かんだ。

「では、ゆうしろうを、無偏流を頼む」

半兵衛は慌てて返す。

「それは安心せよ。ところでずっと聞きそびれておったが、そなたの名は何という？　この子に血のつながったものの名くらい伝えてやるべきと思うのだが」

雪女は首を横に振った。

「私の名などその子には余計なものだ。間違っても雪女の血を引いているとも教えるなよ。子を捨てた妖怪の名や血筋など障りがあるだけ、知らせる意味もない」

雪女はそう言い置くとすぐ月影に消え去った。まさに化け物らしく突然現れ、突然去っていく。

半兵衛は白い着物の残像のある夜空をしばし見つめ、ほろ苦く笑うしかなかった。

「久しぶりの再会なのだ、もう少し語らってもよかろうに」

雪女の口振りからすると、この五年の無偏流剣術の評判に興味はあったが、半兵衛の私事に関心はなかったらしい。

それから半兵衛は寝息を立てるゆうしろうの隣に腰掛け、腕を組んで首をひねった。

「さて、この子を養子にするにどう周りを説得したものか」

ゆうしろうの肌の白さや面立ちなど、期せずして半兵衛と似ていなくもない。隠し子と邪推されそうであったが、これ以上嘘を抱えたくない半兵衛だった。


静也が虚脱した様子で言う。

「つまり勇士郎は又右衛門と雪女の孫だった?」

それは何も変わらないようで、大きな変化だ。

岩永はダージリンティーを口にする。

「半兵衛が色白で美麗という雪女と似た特徴を持っていたため、半兵衛の実子ではという誤解が生じたんです。半兵衛にすれば本当に実子ではないのですから問われれば否定します。ただでさえ『しずり雪』に関し嘘をついています、さらに嘘を重ねたくない。頑なに真実を語るでしょう。さらに大恩ある雪女に託されたその孫なんですから大事にします」

同意を求めて岩永は問い掛けた。

「これで勇士郎の謎は解消されますね？」

まだ静也はこの真実が自身にどういう影響を及ぼすか、理解しきれていないだろう。都合がいいのか悪いのか。ただ自分の支持していた構図以上のものが現れた時、素直には受け入れられないものだ。

「では半兵衛の死の謎は？　最期の『ゆきおんな』という言葉の意味は？　そういう事情なら、雪女が半兵衛を殺したりはしないでしょう」

他の謎によって岩永のかざす真相を否定しようと静也が動くが、無駄である。嘘を並べるにしてもだいたいの穴は塞げる。真実ならその努力は不要だ。

「半兵衛は自害ですよ。動機は何となく察せませんか？」

岩永は結論から述べ、詳細の説明に移った。

半兵衛が勇士郎を雪女から託されて十年、『しずり雪』を伝授されてからは十五年が経過していた。半兵衛もすでに四十歳となり、剣客としての名はますます高くなっていた。今も独り身であるが、養子の勇士郎が群を抜いて秀でているため、妻を取って子を作れという声はすっかり潜まった。勇士郎を半兵衛の実子と勘違いしてかもしれない。

（勇士郎はまだ『しずり雪』を会得しておらんが、その要諦はつかんでおる。もはや俺が手本を見せずともいずれ開眼しよう。この先俺の指南が邪魔になりこそすれ、足しになるものはないな）

半兵衛は弟子への指導の途中で道場を抜け、厠に立ったが、ふらりと屋敷の縁側に出ていた。

（無偏流の弟子達も各地に広がり、独自に道場を開いた者も多い。その教えを取り入れる他の流派もあり、これ以上望むべくもないだろう）

この十年、内側から湧き出る虚しさは消えるどころか、無偏流に白倉半兵衛ありと名声が高まれば高まるほどに増し、心は重くなるばかりだった。

（もはや成すべきことは成したはずだ。かの雪女との約束も果たせたろう）

するといつかの夜のように、今は昼であるが、空から庭に舞い降りるものがあった。そのものは一振りの刀を左手に提げ、長い黒髪と白い肌に白い着物を身につけていた。はたして雪女であったが、半兵衛の期待する雪女ではなかった。

「ちょうど良く出ておったか、半兵衛」

「そなたは、あのものの妹御ではないか」

食い意地の張ったと評された妹の方の雪女だった。それはそれで半兵衛は懐かしさに微笑む。妹の雪女は神妙な表情で縁側に近づいた。

「おぬしは息災で何よりだ」

この妹の雪女らしくない様子に半兵衛は嫌な予感に襲われ、庭へ下りた。

「して、そなたの姉はどうした？」

「姉上は先頃、逝っておしまいになられた」

悼む目で告げられた言葉に半兵衛はしばし絶句したが、ようやく息苦しさを覚えながら問い直す。

「誰かに退治でもされたか？」

妹の雪女はかぶりを振る。

「姉上は生きるのに満足されただけだ。又右衛門が亡くなった時、すぐ後を追うのではないかと思っておったくらいだったのに、よく生きながらえたものであった。思えば姉上は又右衛門の悲願を達成せねばならず、その時死ねなかっただけであったのだが」

半兵衛はかろうじて膝から崩れるのに耐えた。人とは寿命の違う妖怪であり、何十年も前に又右衛門に直接師事しながらなお若々しい姿をしていたあの雪女が、自分より先に逝ってしまうなどわずかも考えていなかった。

妹の雪女は半兵衛の手前で足を止めた。

「おぬしにくれぐれも感謝を伝えてくれと言われておる。又右衛門の無偏流をあまねく広め、あまつさえ孫を立派に育ててくれたと。そしてもはや思い残すことはないと、姉上は露と消えられたのだ」

「化け物の死とはそういうものか？」

「それぞれだ。退治されて消えるものもあれば、おのれの存在をはかなんで勝手に消えるものもある。姉上は半ば自死みたいなもの、遅れはしたがやはり後追いだ」

あの雪女の姿が半兵衛の脳裏にまざまざと想起される。いつ何時もあの雪女は剣と又右衛門しか見ていなかった。剣もまた又右衛門であったから、又右衛門が全てであった。ならその又右衛門の悲願を達成すれば、後を追いたくもなろう。

半兵衛は短く答える。

「そうか」

妹の雪女は次に携えてきた刀を半兵衛に差し出した。

「あとこの刀を。又右衛門の形見だ。姉上が大事にされていたが、その姉上もいない。捨てるには忍びず、私では扱いに困る。おぬしの好きにしてくれ」

半兵衛はぼんやりと手を伸ばしてそれを受け取り、やはりぼんやりと呟いた。

「もう一度くらい、俺に顔を見せに来てくれてもよかったではないか」

妹の雪女はその半兵衛の吐露に、驚いた声を出す。

「おぬし、姉上に惚れておったのか？」

半兵衛はついむかっ腹が立ち、我知らず強く返してしまった。

「あれほど美しい剣を振るうものに惚れぬわけがなかろう。俺の惚れたは生涯、あのものだけだ。とうの昔にかなわぬ想いと知ってはいたが。何しろ俺は、あのものの名すら教えてもらえなかったのだ」

妹の雪女は申し訳なさそうにする。

「すまぬな、男心のわからぬ姉で。我ら雪女はよほど心を許したものでなければ名を教えんのだ。姉上が名を教えたのは又右衛門だけであろう」

半兵衛が彼女に怒るのも、彼女が謝るのも筋違いで、結局半兵衛も謝罪した。

「こちらこそすまん。そういうことであろうとは思っておった」

「うん、私も偉そうには言えぬ話だが」

妹の雪女は再度申し訳なさそうにする。どう言い繕っても半兵衛を傷つけそうだと自覚したのかもしれない。

半兵衛は息を吐き、妹の雪女に頭を下げた。

「今日はよく伝えに来てくれた。礼を言う」

「そう気落ちするなよ。では達者でな」

妹の雪女は半兵衛を心配そうにはしたが、これ以上立ち入るものではないと見てか、風に吹かれるように空へ舞い、消えていった。塀を巡らせた屋敷に何ら跡を残さずあっという間に侵入してあっという間に去っていく。けだし化け物とは勝手なものだった。

半兵衛は手の中の太刀を見る。又右衛門の形見なら五十年以上前のものだが、拵えに傷んだ所はなく、柄を取って抜いてみても刀身に錆はなく、四十を過ぎてもまだ白い半兵衛の肌と端麗な顔を映した。手入れを怠らなかったのだろう。

(あの雪女が満足して逝ったなら、やはり俺は成すべきことを成したのだ。この十五年、おのれのものでない手柄を掲げ、虚名を背負って誓いを果たしてきた)

半兵衛は曇りのない刃を光にかざした。

(いささか疲れた。なら俺も、後を追って構うまい)

柄を握る手に汗もにじませず、躊躇なく首に抜き身を当てる。腹を切ることは考えなかった。それでは死ぬまで時がかかってしまう。少しでも早く、雪女の後を追いたかった。

「又右衛門様との邪魔はせんが、少しは俺にも顔を向けてくれんかな」

首に当てた刃をひと息に引いた。血が勢いも激しく噴き出し、刀と鞘が手から離れて落ち、体もどうと庭に倒れる。

首にある血の管を切断すれば助かる見込みはなく、すぐに死ねるはずであったが、半兵衛はしばし意識があった。門弟達が異変に気づいてか周りに集まり、何事か尋ねている。だが死に行く半兵衛の目には後を追うべき相手の姿しか見えなかった。そのものに手を伸ばし、声をかける。

「ゆきおんな」

多くの門弟に囲まれ、白倉半兵衛は絶命した。その時、空より一片二片、この冬初めての雪が舞い落ち始めたのに気づいた者は少なかった。


窓の外に雪は降りしきっている。そして岩永は長い話を終えた。白倉半兵衛という、剣に生き、されど自力では求めた技を得られず、惚れた女に振り向いてもらえなかった男の生涯の真実について語り終えた。

「虚名に疲れ、成すべきことを成した半兵衛が自害するのに、どんな不思議があるでしょう。その上かなわぬ想いをかけていた雪女が先に逝ったと知り、手には刀がある。周囲に止める者がなければ衝動的にやってしまいもするでしょう」

携帯電話の表示時刻は午後二時半を回ったところだ。予定通りで岩永は紅茶を飲み干す。

「最期の言葉もただ想う相手を呼んだだけです。名を知っていればそれを呼んだのでしょうが、半兵衛は名を教えてもらえなかったので、そう呼ぶしかなかった」

静也はあくまで確認といった落ち着いた口調で、他に残った謎とその答えを挙げた。

「半兵衛が生涯独身だったのは、その雪女を想い続けたからですか？」

「きっとそうでしょうね。どこかの立ち合いで不能にされ、結婚したくてもできなかった可能性も捨てきれませんが」

岩永の付け足しに静也はくすりともせず、厳然と踏み込んでくる。

「その仮説が真実という証拠は？」

対して岩永はやれやれと笑ってみせた。

「だからこれは戯れで、真実じゃありません。証拠などありません。万に一つ真実であったとしても、江戸時代にあった妖怪話にどうやって証拠を見つけられます？　関係者も皆、死に絶えてますよ」

静也は悔しげに唇を震わせたが、すぐある点に気づいてか矢継ぎ早に攻めてくる。

「そうだ、ひとり今も生きている可能性があるでしょう、その雪女の妹ですよ。その妖怪の妹なら現在も生きており、全ての事情を知っているかもしれない。実はあなたはその妹から真実を聞き出したのでは？」

剣が上達すると勘が鋭くなるのか、静也の刃は真実に届いていた。

岩永は幼子（おさなご）に言って聞かせる調子で応じる。

「大変大切なことを言います。この世に雪女なんていません。私が話を聞き出せるわけがありませんよ」

静也がそれこそ岩永に斬りつけんばかりに文句がありそうにしたが、その時、窓ガラスが外側からノックされたような音が聞こえた。鳥がくちばしででもつついたか、風に飛ばされた何かが当たったか。不審になってか静也が窓へ、その外側へ目を向ける。岩永は気づかないふりをしながら横目でそちらをうかがった。

静也が目を見開いて硬直している。そこに通常ありえざるものを見たからだろう。雪降るそこには黒い髪、白い肌、白い着物を身につけた若い容姿のまさに雪女と呼ぶにふさわしいものが浮かんでいた。

雪女は静也と目が合うと彼を祝福するように微笑み、次の瞬間には降りしきる雪の中を飛び去っていった。街を見渡せる高い場所にある喫茶室の窓の外に人が立てるスペースはなく、ぶら下がれる場所もない。

たっぷり三十秒は硬直していた静也がようやく岩永の方に首を回す。

「今の、見ましたよね？」

「何をです？　雪のせいで、外もずいぶん視界が悪くなりましたね」

岩永は白々しくとぼけた。静也は反論しようとするが、どう言えばいいのか混乱するごとく両手を動かし、額に汗を浮かべる。

岩永は傍らに置いていたコートを手に取りながら締めくくりに入った。

「江戸時代の出来事です、もはや真実を問うても正解は出ないでしょう。私は二つの仮説を提示しました。後はあなたがどちらを信じたいかです」

コートの袖に腕を通す。

「ひとつ目を信じるなら、半兵衛は悪党です。かといってそんな大昔の先祖にこだわるのは愚かです。反面教師としてあなたが正しくあろうとすればいい」

体の前でボタンを留め、携帯電話をポケットに入れ、ベレー帽を指に取った。

「ふたつ目を信じるなら、あなたには妖怪である雪女の血が入っています。けれどその血は呪わしいものではありません。半兵衛の死はひとつの悲劇であり、他にも多くの死が重なっていますが、そこに愛はないでしょうか？　罪があれど、それぞれがその代償を払っていないでしょうか？」

ベレー帽をかぶり、小さく目礼をした。

「どちらであれ、あなたの血に悪い因縁はなく、世をすねる必要もありません。雪女もあなたが怪異に関わることを望まず、普通に暮らすのを願うでしょう」

そして岩永はステッキを取り、先端を床に着けた。

「あなたが胸に描く雪女は、白倉家を呪っているように見えますか?」

静也が先程窓外に見た雪女は幸せそうで、彼の前途に悪い予感を与えはしなかったろう。今後の静也は雪女といえばあの姿をまず心に浮かべるはずだ。

静也はようやく全てを理解したとばかり力を抜いた。

「やっぱりあなたもさっき、窓の外に見たんでしょう?」

岩永は空いた手で伝票を取るとこれもあきれたように返す。

「人には立場上、口が裂けても言えないことがあるのです」

世知辛い世の中、建前も必要なのである。だから雪女がいないという仮説も語ったのだ。

岩永は伝票を振りながら歩き出す。

「ではお元気で。秋場君にもよろしく言っておいてください。それと私がいつでも相談に乗ると思わないようにとも」

静也が椅子から立ち上がって深々とお辞儀をする気配がしたが、振り返らず会計へと向かった。

岩永はエレベーターを降り、ホテルの自動ドアをくぐると降りしきる雪に傘を差して歩き出し、人気のない路地裏に入った。そのそばに室井昌幸の所の雪女、話の中では妹の雪女となっていたものがひらりと空から降り立った。

雪女は恭しく岩永に尋ねる。

「おひいさま、あれでよろしかったでしょうか？」

「協力ご苦労。これで彼も自分に流れる雪女の血を厭わず、まっとうな暮らしを心掛けると思う」

岩永は首尾良く終わった旨を告げた。この雪女とはあらかじめ打ち合わせ、時間になれば窓の外に浮かんで静也の注意を引いて微笑みかけるよう、指示していたのだ。

静也の雪女へのイメージを好ましいものに更新するため、視覚的に強い目撃を演出したのである。

雪女もほっと息をついた。

「あの者も私の縁者です。幸せになると良いのですが」

「かなり薄いが、つながりはあるからな」

それでも雪女は姉の遺志にやや反しているからか、わだかまりはあるらしい。

「なるべく関わらないのがあの家の者のためとこれまで離れておりましたが、今回はやむをえないでしょうね」

「今後もあの家の者に気を掛けておこう。また同じ悩みを持つ者が現れるかもしれないし。でもせっかく雪女がいない場合の仮説も提示したのだから、今後は白倉静也がうまく対応してくれないかな」

白倉家への悩みが尽きたわけではないが、今回は無事着地したろう。江戸時代に逝った雪女も白倉半兵衛も、井上又右衛門も不満はあっても文句は言えまい。

岩永は雪女を見上げる。

「お前も人より長く生きる。室井さんの後追いなど軽々にしないように」

一応そう釘を差しておいた。やろうとしても止める道理まではないが、あまり面白いものでもない。

雪女は心配無用と髪をなびかす。

「昌幸も喜びませんよ。姉も又右衛門への義理を果たしたのだから、次は半兵衛に添うてやっても良かったのです。又右衛門が亡くなって何十年と経っていたのですし」

一途(いちず)なのも尊いが、出会いと別れを適宜飲み込むのも大事である。

岩永はならばこの雪女には憂いはないと、ひとつ勧めてみた。

「室井さんの勤めるオフィスは近くにあるが、顔を出していくか？　また週末まで会えないだろう、私が行けば時間を取らせられるが」

少しくらいなら構わないと思ったが、雪女はあっさり退いた。

「仕事の邪魔になります。公私混同はいけません、このまま帰りますよ」

妖怪がそんな杓子定規に考えずとも、と岩永は言いかけたが、お互いのルールに口を出すのも野暮である。ただ知恵の神として、恋愛の先達として忠告は行っておく。

「そういえば室井さんは最近お前が太ってきたと嘆いていたから気をつけるように。体型は個人の自由にしても、妖怪が生活習慣病とかになるとまた問題だから」

後で昌幸に余計な告げ口をするなと言われそうだが、知ったことではない。

しかし雪女は腹を抱えて笑うようにした。

「またおひいさまはそんな意地の悪い作り話をおっしゃる。ご自分の恋愛がうまくいっていないからと嘘はいけませんよ?」

よほど昌幸を信頼しているのか、幸せなものに苦言は通じないのか。

「いや、これは本当なんだけど。あと私の恋愛はうまくいってなくもないから」

「けれど今回の御用、ずっとおひとりで動いておられませんか?」

痛いところを衝かれていなくもないので岩永はちょっと詰まったが、その間違った認識はちゃんと訂正しておく。

「だからお前は九郎先輩を怖がるだろうし、白倉静也も雪女の血を引いていて先輩にどんな反応をするかわからないから、敢えて私ひとりで動いただけで」

理由があってひとりで行動していたのだ。九郎に手伝いを頼んで断られたり無視されたりといった事実はいっさいない。いっさいない。

雪女は岩永の言い訳を優しい顔で聞いた後、一礼して宙に浮かんだ。

「では、また御用があればお言いつけください」

降りしきる雪の中、そこに混じるように雪女は空へ去っていく。

岩永は傘に積もる雪の重さに閉口しつつ、ステッキを突きながら大通りへと歩き出した。

気温も予想より下がり方が急なのか、指先がひどく冷える。手袋を持って出るのをうっかり忘れていた。岩永は傘とステッキを持たないといけないのでコートのポケットに片方だけでも手を入れられなかった。早く雪も風も当たらない空間に移動しないといけない。

すると正面からダウンジャケットを身につけ、大きな傘を差した男が早足でやってきて、岩永の前で止まった。

「時間と場所を指定して迎えに来いと言っておいて、勝手に余所へ動き回るな」

九郎である。今回はひとりで動かざるをえない面が多々あったが、用が終われば関係ない。雪も降ることだし、九郎に車で迎えに来るよう伝えておいたのである。

「勝手に動き回っていませんよ。これから指定した場所へ行くところでしたから」

伝えてはおいても土壇場で無視される危惧がなきにしもあらずであったが、指定時間より早く九郎は来ていたらしい。だからといって岩永が来るのが遅いと言われても理不尽である。

九郎はため息をつき、ポケットから手袋を出して岩永に渡してくる。

「ほら、手袋を忘れていたろう。早くつけろ」

何やら自分のミスを指摘されたみたいで岩永は気に食わなかったが、ポケットに入れられない手が冷えているのは否定できない。ステッキだけ九郎に持ってもらい、おとなしく手袋に指を入れる。

それから九郎は岩永にステッキを戻し、横について歩き出した。

「雪もじき積もりそうだ、寄り道しないですぐ帰るぞ。足元にも気をつけろ」

「はいはい、九郎先輩こそ気をつけてください」

岩永より九郎の方がうっかり転ぶことが多いのではないか。最初の出会いも九郎が転んだのがきっかけだ。

ともかく用は済んだのだから、しばしはあれこれ悩まず、今日の残りを九郎とともに過ごすのに決めた岩永だった。

けっこうすごい
ぎぎぎ
ぎぎ
ああああっ
ぎぎぎ
反応が見ものですね
シャーーーッ
PARK
ギィイイ
ギィイイ
九郎くんすごい見てこ
ギィイイ
「月刊少年マガジン」
「少年マガジンR」
「マガポケ」3誌
にて好評連載中!
公式HPにて〈第1話 全83P〉
無料公開中!
虚構推理 月マガ
検索

漫画の岩永琴子も、
月刊少年マガジンコミックス
虚構推理
Invented inference
原作／城平 京
漫画／片瀬茶柴
①～⑮巻 絶賛発売中！

本書は月刊少年マガジンコミックス
『虚構推理』の原作として書き下ろされた。

〈著者紹介〉

城平 京（しろだいら・きょう）

第８回鮎川哲也賞最終候補作『名探偵に薔薇を』（創元推理文庫）でデビュー。漫画原作者として『スパイラル』『絶園のテンペスト』『天賀井さんは案外ふつう』を「月刊少年ガンガン」にて連載。2012年『虚構推理　鋼人七瀬』（講談社ノベルス／講談社文庫）で、第12回本格ミステリ大賞を受賞。同作は「少年マガジンR」で漫画化。ベストセラーとなる。本作は小説『虚構推理』シリーズ第４作である。

虚構推理短編集　岩永琴子の純真

2021年10月15日　第１刷発行　　定価はカバーに表示してあります
2021年11月11日　第２刷発行

著者……………………城平 京

発行者……………………鈴木章一
発行所……………………株式会社 講談社
〒112-8001 東京都文京区音羽2-12-21
編集03-5395-3510
販売03-5395-5817
業務03-5395-3615

KODANSHA

本文データ制作……………講談社デジタル製作
印刷……………………豊国印刷株式会社
製本……………………株式会社国宝社
カバー印刷………………株式会社新藤慶昌堂
装丁フォーマット…………ムシカゴグラフィクス
本文フォーマット…………next door design

ISBN978-4-06-524597-2　N.D.C.913　306p　15cm

虚構推理シリーズ

城平 京

虚構推理

イラスト
片瀬茶柴

巨大な鉄骨を手に街を徘徊(はいかい)するアイドルの都市伝説、鋼人七瀬(こうじんななせ)。人の身ながら、妖怪からもめ事の仲裁や解決を頼まれる『知恵の神』となった岩永琴子(いわながことこ)と、とある妖怪の肉を食べたことにより、異能の力を手に入れた大学生の九郎(くろう)が、この怪異に立ち向かう。その方法とは、合理的な虚構の推理で都市伝説を滅する荒技で⁉

驚きたければこれを読め――本格ミステリ大賞受賞の傑作推理！

探偵は御簾の中シリーズ

汀こるもの

探偵は御簾の中
検非違使と奥様の平安事件簿

イラスト
しきみ

恋に無縁のヘタレな若君・祐高(すけたか)と頭脳明晰(めいせき)な行き遅れ姫君・忍(しのよ)。平安貴族の二人が選んだのはまさかの契約結婚!?　八年後、検非違使別当(けびいしのべっとう)(警察トップ)へと上り詰めた祐高。しかし周りからはイジられっぱなしで不甲斐(ふがい)ない。そこで忍は夫の株をあげるため、バラバラ殺人、密室殺人、宮中での鬼出没と、不可解な事件の謎に御簾(みす)の中から迫るのだが、夫婦の絆(きずな)を断ち切る思わぬ危機が!?

アンデッドガールシリーズ

青崎有吾

アンデッドガール・マーダーファルス　1

イラスト
大暮維人

吸血鬼に人造人間、怪盗・人狼・切り裂き魔、そして名探偵。異形が蠢く十九世紀末のヨーロッパで、人類親和派の吸血鬼が、銀の杭に貫かれ惨殺された……!? 解決のために呼ばれたのは、人が忌避する〝怪物事件〟専門の探偵・輪堂鴉夜と、奇妙な鳥籠を持つ男・真打津軽。彼らは残された手がかりや怪物故の特性から、推理を導き出す。謎に満ちた悪夢のような笑劇……ここに開幕！

望月拓海

顔の見えない僕と嘘つきな君の恋

「君は運命の女性と出会う。ただし四回」占い師のたわごとだ。運命の恋って普通は一回だろう？　大体、人には言えない特殊な体質と家族を持つ僕には、まともな恋なんてできるはずがない。そんな僕が巡り合った女性たち。人を信じられない僕が恋をするなんて！　だけど僕は知ってしまった。嘘つきな君の秘密を――。僕の運命の相手は誰だったのか、あなたにも考えてほしいんだ。

望月拓海

透明なきみの後悔を見抜けない

気がつくと駿府公園の中央広場にいた。ぼくは——誰なんだ？　記憶を失ったぼくに話しかけてきた、柔らかな雰囲気の大学生、開登。人助けが趣味だという彼と、ぼくは失った過去を探しに出かける。心を苛む焦燥感。そして思い出す。ぼくは教師で、助けたい子がいるんだ！　しかしぼくの過去には驚きの秘密が……。本当の自分が見つかる、衝撃と感動が詰まった恋愛ミステリー。